Chère Lectrice,

Novembre... Le ciel s'assombrirait-il ? Même pour les héros de votre collection préférée ? Car voici qu'éclatent des *Orages au paradis* (877), que *Dangereuse est la nuit* (878), qu'on se demande si on se marie réellement *Pour le meilleur... ?* (881) et qu'on voit *Un marié en cavale* planter là sa fiancée (879) !

Allons, pas d'inquiétude ! En amour, quelques nuages à l'horizon et un peu d'électricité dans l'air sont toujours stimulants. Et quand après la pluie vient le beau temps, le soleil n'en semble que plus radieux. Soyez-en sûre, tous vos héros auront le sourire et le regard rêveur à la dernière page. D'ailleurs, j'aperçois déjà les premiers rayons : ils brillent sur *La belle vie d'un reporter* (880, l'Homme du Mois) et donnent envie de crier *Epouse-moi, Kayla* (882) !

Bonne lecture !

La Responsable de collection

Un marié en cavale

LEANDRA LOGAN

Un marié en cavale

COLLECTION ROUGE PASSION

*Cet ouvrage a été publié en langue anglaise
sous le titre :*
HOLD THAT GROOM!

Traduction française de
EMMA DESCHAMPS

HARLEQUIN ®
est une marque déposée du Groupe Harlequin
et Rouge Passion ® est une marque déposée d'Harlequin S.A.

*Toute représentation ou reproduction, par quelque procédé que ce soit, constitue-
rait une contrefaçon sanctionnée par les articles 425 et suivants du Code pénal.*
© 1997, Mary Schultz. © 1998, Traduction française : Harlequin S.A.
83-85, boulevard Vincent-Auriol, 75013 Paris — Tél. : 01 42 16 63 63
ISBN 2-280-11644-8 — ISSN 0993-443X

1.

— Oui, voilà, emballée dans du papier kraft... Personne ne doit deviner qu'il s'agit d'une pièce montée !

Les doigts fins d'Ellen se crispèrent sur l'élégant combiné téléphonique de couleur ivoire tandis que, à l'autre bout du fil, une voix juvénile exprimait sa confusion en lui expliquant que Pauline, la directrice de la pâtisserie, était sous la douche.

— Je suis Ellen Carroll, reprit-elle d'un ton légèrement impatienté. Directrice de Félicité Plus, la boutique de mariage de Westwood... Peut-être le numéro de commande pourrait-il vous aider ? Ne quittez pas...

Rejetant en arrière ses longs cheveux blonds, la jeune femme farfouilla dans les papiers aux tons pastel éparpillés sur le somptueux bureau blanc et or. Avec sa robe bain-de-soleil abricot qui mettait joliment en valeur son hâle doré, elle ressemblait plus à une surfeuse qu'à un expert-conseil en cérémonies nuptiales. Mais cette tenue décontractée, choisie parce que la boutique était fermée ce jour-là, ne l'empêchait pas le moins du monde de faire son travail sérieusement.

Dénichant enfin le récépissé, elle en indiqua le numéro.

— Comment ça, aucune trace ?

Son délicat visage se renfrogna un peu. Zut, elle avait affaire à une intérimaire ! Pas étonnant, vu qu'on était à la mi-juin... Mais s'énerver ne servirait à rien.

— C'est extrêmement important, reprit-elle en s'efforçant de garder son calme. Euh... pourriez-vous aller voir où en est cette douche, s'il vous plaît ?

Une voix ironique la fit soudain sursauter.

— Enfin du nouveau dans ta vie privée, sœurette?

Mark, son agaçant frère jumeau, venait de faire irruption dans la boutique, un grand carton blanc sous son bras musclé. Comme sa sœur, c'était le Californien type, cheveux blond-blanc et teint doré. Et comme elle, il détonnait un peu dans le décor victorien de la boutique.

— Ma vie privée? soupira Ellen. Non, c'est à la secrétaire de Pauline que je parle. Sa patronne est sous la douche, figure-toi...

Un sourire amusé plissa les lèvres de Mark.

— A 9 heures du soir?

— Oui, ça ne me viendrait même pas à l'idée...

— Parce que tu es la pire accro du boulot que j'ai jamais rencontrée! En tant qu'associé, je suis bien placé pour le savoir! Les heures supplémentaires que tu m'infliges deviennent impossibles à gérer...

Une ombre passa dans les beaux yeux verts du jeune homme.

— Il a suffi de quelques mois pour ternir à jamais ma réputation auprès de la gent féminine. Que veux-tu, les filles ne me font plus confiance, maintenant que je ne suis plus capable d'honorer mes rendez-vous!

— Et c'est une grande victoire pour la cause des femmes! ironisa gentiment sa sœur. Tu veux dire que tu es simplement revenu à ton style d'autrefois...

— D'accord, je n'ai jamais été le rencard idéal... mais j'ai fait des efforts pour m'améliorer! Et n'oublie pas que papa et maman comptent sur moi pour me marier et avoir des enfants! Je suis leur seul espoir puisque, toi, tu es obsédée par le travail!

Un petit sourire s'afficha sur les lèvres d'Ellen.

— C'est le prix de la réussite, mon cher! Ah, si seulement tu n'avais pas fait d'études, pas manifesté tant de talent pour la gestion et le commerce! Tu pourrais encore traîner jour et nuit sur la plage avec ta bande de joyeux copains...

— Ça va, ça va, pas la peine de retourner le couteau dans la plaie... Te rends-tu seulement compte que je ne peux même pas me souvenir à quand remonte ma dernière folie?

Haussant les épaules d'un air dégoûté, il tira de la poche de son bermuda un couteau suisse dont il se servit pour ouvrir le carton qu'il venait de poser sur la moquette.

— Je vérifie que le compte y est ? demanda-t-il en exhibant une ombrelle de couleur pêche et une jarretière assortie.

— Oui, s'il te plaît... C'est pour le mariage des Baxter, il devrait y en avoir une douzaine.

— A une heure pareille, un type de mon âge devrait dénouer des jarretières, pas les compter ! grommela-t-il en s'exécutant.

— Arrête de râler ! Tout ira mieux quand nous aurons réussi à pêcher des clients plus fortunés !

La clientèle de leur boutique, qui était située près du campus de l'université de Los Angeles, était essentiellement constituée d'étudiants fauchés qui voulaient s'offrir un mariage rigolo sans trop bourse délier. En deux ans, leurs affaires avaient gentiment décollé, mais sans extravagance. Encore heureux qu'Ellen ait pu proposer comme garantie bancaire la maison héritée d'une tante affectueuse... La jeune femme avait investi le premier étage comme appartement, tandis que le rez-de-chaussée faisait office de boutique. Et depuis l'ouverture de celle-ci, elle y consacrait le plus clair de son temps.

— Dès qu'on en aura les moyens, on engagera une assistante, reprit-elle d'un ton confiant. En attendant, tu peux toujours te mettre à temps partiel, ça ne me dérange pas...

Un grésillement dans le combiné lui fit reporter son attention sur sa conversation téléphonique.

— Oui, c'est bien la commande pour Malibu, confirmat-elle soulagée. La pièce montée sera livrée demain incognito ? Parfait !

Elle raccrocha et s'étira longuement

— Bon, j'espère que le surcroît de travail occasionné par ce fichu mariage finira par payer !

Le visage de Mark s'illumina.

— Demain, à la même heure, nous pourrons savourer notre victoire ! Sabrina aura épousé son troisième mari et les célébrités conviées au mariage ne parleront que de nous ! Pour une fois que cette folle de Sabrina nous aura servi à quelque chose !

Ce mariage surprise déguisé en pendaison de crémaillère sera un coup de pub formidable pour Félicité Plus. Formidable et... gratuit !

Moins enthousiaste, Ellen referma le dossier Sabrina d'un air mélancolique.

— Tu sais combien je souhaite attirer de nouveaux clients... Mais je voudrais aussi que notre Sab arrête de se marier à tout bout de champ !

Un éclair passa dans le regard de Mark.

— Cesse d'appeler « notre Sab » ce monstre d'égoïsme ! Ce n'est pas parce qu'elle est notre amie d'enfance que nous devons lui trouver toutes les excuses, hein !

— Tu brûles ce que tu as adoré ? ironisa sa sœur. Il semble me souvenir que tu ne détestais pas te rincer l'œil quand elle dormait dans la chambre en face de la tienne, à la campagne...

Mark haussa ses épaules massives.

— Elle n'avait qu'à baisser les stores !

— Que veux-tu, elle a toujours eu le spectacle dans la peau !

— Oh, pour ça... Son dernier rôle dans *Cœurs troublés* lui va comme un gant ! Son texte est truffé de vacheries et ça lui donnera l'occasion de se pavaner en petite culotte devant des millions de téléspectateurs, comme elle sait si bien le faire ! C'est qu'elle en a fait du chemin, notre petite Sabrina !

— Sabrina est devenue une star, Mark. Mais ça ne l'a pas rendue heureuse pour autant, tu le sais bien...

Etouffant un soupir, Mark se dirigea vers la vitrine, poussa le léger rideau de mousseline blanche et scruta l'obscurité de la rue. Evoquer Sabrina et ses fiancés faisaient toujours accomplir à son cœur un gigantesque et douloureux looping. La petite princesse de son adolescence avait toujours eu un goût prononcé pour les hommes plus âgés qu'elle et... plus riches que lui.

Bref, il ne s'était jamais senti à la hauteur.

Comme ils étaient loin, les jours heureux et insouciants de leur enfance ! Quand il pouvait jouer au héros auprès des deux filles, au Tarzan, au Superman... Mais à vingt-six ans, les deux jeunes femmes lui étaient devenues presque étrangères. Ellen

10

se consacrait exclusivement à sa carrière, Sabrina ne s'intéressait plus à lui.

Parviendrait-il un jour à se délivrer du fardeau qui pesait sur son cœur?

— Si Sabrina n'est pas heureuse, c'est entièrement sa faute! soupira-t-il. Ce n'est pas en pourchassant l'image idéale d'un père qu'elle n'a pas connu qu'elle trouvera le bonheur!

Eludant le regard inquisiteur de sa sœur, il fit mine d'examiner le portrait du mariage de leurs parents sur le mur, derrière elle, avant de reprendre dans un soupir:

— Le troisième élu a la soixantaine, lui aussi?

Ellen ne fut pas dupe de l'imperceptible tremblement qui avait fait vaciller sa voix

— Aucune idée! Je te rappelle que c'est un mariage surprise...

— Un fiancé fantôme, maintenant? s'esclaffa Mark avec une pointe d'amertume. Eh bien, on aura tout vu!

Ellen dissimula une moue embarrassée.

— Je sais qu'il s'appelle Harry Masters, et qu'il est son conseiller financier depuis plusieurs mois. Depuis qu'elle a confié la gestion de son patrimoine au cabinet Wainwright, en fait...

— Mmm... ça doit regorger de vieillards riches à souhait, ce cabinet! Enfin, il y aura du beau linge, à ce mariage. Si tout marche comme nous le souhaitons, nous pourrons engager une douzaine d'assistantes! Et prendre enfin des vacances!

— Oui, le rêve absolu! acquiesça Ellen en regardant avec un soupçon de découragement l'amoncellement de papiers sur son bureau.

— Peut-être même que ce Harry Masters acceptera de nous conseiller financièrement, ?

— Je préfère ne pas mélanger travail et amitié, si ça ne te fait rien...

La jeune femme venait d'exhumer une copie du contrat de confidentialité.

— J'espère que tu n'as pas oublié de faire signer ce contrat aux invités et aux employés?

Mark fit la moue.

— Euh... il me semble bien, oui !

— Il te semble ?

— C'est si important que ça ?

— Mais bien sûr ! Tu sais que la presse n'arrête pas de tournicoter autour de Sabrina ! Si un employé peu scrupuleux se rend compte qu'il y a mariage sous roche, il sera tenté de vendre la mèche en échange d'une coquette somme ! Rappelletoi les deux mariages précédents, les journalistes déguisés en serveurs, et tout le tintouin !

— Si ça se passe si mal chaque fois, c'est peut-être qu'elle choisit mal ses maris !

— Ce n'est pas à nous d'en juger, Mark ! D'autant que c'est nous qui organisons la cérémonie, je te le rappelle ! Ce mariage doit être parfait...

Un petit sourire plissa les lèvres de Mark.

— Je te reconnais bien là ! Même si ce Harry était un nain boiteux, tu réussirais à leur faire croire au bonheur !

— Exactement ! laissa-t-elle tomber d'un ton déterminé. Car c'est mon métier, figure-toi !

Sa nature pragmatique et son goût de l'organisation constituaient des atouts formidables dans un secteur où l'imprévu risquait toujours d'être de mise. Et un jour, son talent ferait d'elle l'organisatrice de mariages la plus recherchée de Californie !

D'un geste sec, elle referma son agenda.

— Je ne te demande qu'une chose, Mark : fais ton boulot ! Et sois à la hauteur de l'enjeu !

Son frère dissimula un sourire.

— Imagine que ce mystérieux vieillard soit sous assistance respiratoire. Il faudrait peut-être prévoir une ambulance pour le conduire à la suite nuptiale !

Malgré tous ses efforts pour garder son sérieux, Ellen ne put retenir un petit gloussement.

— Tu ne devrais pas te faire tant de souci pour le bonheur de Sabrina, reprit Mark d'un ton plus sérieux. Chaque fois, tu y laisses des plumes !

— Mais nous sommes sa seule famille, Mark !

— Justement ! Elle en profite...

Que répondre à cela ? songea Ellen, le cœur gros. Les Carroll avaient tenté de remplacer une mère arriviste et sans cœur, qui avait passé sa vie à courir le cachet dans des films de série Z. Et si Sabrina avait réalisé les rêves de gloire de sa mère, elle ne semblait pas en être heureuse pour autant...

— Oui, elle te pressure comme un citron, ajouta Mark en voyant un pli songeur barrer le front de sa sœur. Depuis des semaines, n'a-t-elle pas pris un malin plaisir à te faire bisquer ? Il a fallu dénicher le meilleur champagne, puis des perles fines pour son diadème, puis un écrivain de talent pour rédiger ses cartes de vœux... Et puis quoi encore ? Sans compter que pour nous simplifier la tâche, elle nous avait interdit de révéler l'identité des mariés ! J'aurais dû lui dire ma façon de penser !

Ellen faillit s'étrangler.

— Quoi ? Tu es fou ! Pas si près du but...

Mark eut un regard mauvais.

— Comme je regrette l'époque où je pouvais la balancer dans la piscine du jardin pour la calmer un peu ! Ça marchait à tous les coups !

A cet instant, un coup frappé à la porte d'entrée l'interrompit. Relevant le store, il articula distinctement : « Nous sommes fermés », tout en désignant le panneau accroché au battant.

— Mark ! Que se passe-t-il ?

Un peu étonnée, Ellen se leva et contourna le bureau.

— Ce n'est que Sabrina..., soupira Mark en se résignant à ouvrir.

La ravissante vedette venait de faire irruption dans la pièce avec sa tête des mauvais jours. Mais avant qu'elle ait pu pénétrer plus avant, Mark referma la porte et lui bloqua le passage.

Juchée sur de vertigineux escarpins blancs, la jeune femme se figea sur place et scruta avec une réprobation non dissimulée la crinière hirsute, le bermuda en jean et la chemise hawaïenne de son ami d'enfance.

— Toujours du dernier chic, à ce que je vois ! ne put-elle s'empêcher d'ironiser.

Mortifié, Mark enveloppa d'un regard à la fois contrit et gourmand l'impeccable silhouette de la star, comme sculptée par le stretch d'une robe rose bonbon dont la couleur faisait paraître plus noirs encore ses cheveux de jais.

— Mmm, on pourrait tomber amoureux de toi... à condition de se boucher les oreilles! répliqua-t-il pour se venger.

— Oh, arrête! soupira-t-elle en lui donnant une légère bourrade. D'ailleurs, que fabriques-tu ici? Tu devrais être à la plage avec une fille en Bikini, non?

— Justement, j'y allais...

Sabrina arbora un sourire vaguement condescendant.

— Ce bon vieux Mark! Toujours égal à lui-même...

— Personnellement, je préfère m'amuser avec des filles en Bikini qu'avec des vieux gâteux...

Sabrina demeura bouche bée.

— Quoi? Espèce de...

— Assez! les interrompit Ellen en s'interposant. Mark, tu es sûr que tu n'as rien de mieux à faire?

— Non... Tu sais bien que je travaille à plein temps pour l'entreprise, désormais!

Sabrina fulminait.

— Je refuse que tu t'occupes de mon mariage, Mark! Dis-moi que tu ne viendras pas...

— Il faudra déchanter, ma vieille!

D'un tiroir, le jeune homme sortit un appareil photo.

— Tu as donc oublié que je suis le photographe officiel de Félicité Plus?

Les mains sur les hanches, Sabrina se campa devant lui.

— Oh, pas la peine de prendre tes grands airs! J'ai déjà un photographe, figure-toi! C'est lui qui prendra les photos pour l'album officiel du mariage...

Un petit sourire aux lèvres, Mark recula d'un pas, mitraillant la star sous tous les angles.

— Et voici la mariée qui descend l'allée centrale au bras de l'élu numéro trois..., blagua-t-il en entonnant la marche nuptiale. Il a réussi à sortir de sa chaise roulante...

Les yeux brillant de colère, Sabrina laissa brusquement éclater sa fureur.

— J'en ai assez de tes sarcasmes perpétuels!

Ellen venait d'arracher l'appareil des mains de son frère.

— Il n'y avait pas de pellicule, de toute façon...

— Espèce de crétin! mugit Sabrina, blême de rage. En être encore là à ton âge!

— Mesdemoiselles, bonsoir ! se contenta de répliquer Mark en quittant la boutique avec un haussement d'épaules.

— Oublie-le, soupira Ellen en prenant Sabrina par le bras pour la guider jusqu'à un petit sofa tendu de satin blanc, qui occupait une alcôve près de la baie vitrée. Qu'est-ce qui t'amène à une heure pareille ?

Sabrina fixa son amie d'un air impérial.

— Mais c'est très simple : je voulais répéter une dernière fois avant le jour J.

— Encore ? s'exclama Ellen en levant les yeux au ciel. C'est la dixième fois au moins !

— Mais tout doit être parfait, Ellen ! Songes-y donc, tu vas rencontrer tout le gratin. C'est une occasion unique d'attirer l'attention, toute ta carrière est en jeu.

Ellen ne put nier que son amie disait vrai. Il y aurait même des stars d'Hollywood... Mais la jeune femme n'ignorait pas que Sabrina cherchait aussi à épater la galerie. Depuis qu'elle avait tenu, à dix-neuf ans, le rôle de la flamboyante Ava dans *Cœurs troublés*, la jeune vedette vivait en permanence sous les flashes de la presse à scandale, qui ne se privait pas de relater par le menu les épisodes troublés de sa tumultueuse vie privée. Ce mariage secret était destiné à lui racheter une réputation.

Et Ellen s'était prêtée au jeu avec délectation, concoctant pour son amie une cérémonie surprise sous couvert de pendaison de crémaillère dans la nouvelle villa de la star, à Malibu. Sabrina était censée s'éclipser discrètement une fois que la fête battrait son plein pour réapparaître en mariée.

Songeant qu'elle pouvait bien lui accorder ce dernier caprice, Ellen se décida à aller chercher son bel agenda de cuir fauve puis revint s'asseoir et le compulsa brièvement pour chercher ses notes.

— Comme convenu, j'arriverai donc demain chez toi à l'aube...

— Si tu tiens vraiment à rouler dans cette rutilante camionnette qui semble clamer haut et fort « Cérémonies nuptiales », il vaut mieux que tu arrives le plus tôt possible...

— La camionnette est précisément destinée à nous faire de la publicité, répliqua Ellen un peu sèchement.

— Mais ce n'est pas un mariage comme les autres...

— Je te promets d'aller droit au garage et à ne la reprendre qu'une fois achevée la cérémonie...

La jeune femme était bien déterminée à se faire photographier devant l'engin avec plusieurs célébrités, afin d'accrocher plus tard ces photos dans son bureau.

— Il n'y aura pas de fuite du côté des employés ?

— Les contrats de confidentialité sont signés et archivés, affirma-t-elle avec aplomb en priant intérieurement pour que Mark ait fait son travail. Personne n'est au courant à part Mark, le prêtre et moi... Quant aux employés de la Pâtisserie Pauline, ils ont reçu un double salaire pour prix de leur silence, comme tu l'avais suggéré...

Sabrina arbora un sourire figé.

— Oui, Pauline et moi avons longuement discuté de la pièce montée... Sais-tu que j'ai choisi une photo de nous deux plutôt que le traditionnel couple de marié pour la décorer ? Entre nous, je pense que ce sera le plus beau de mes gâteaux de mariage !

Le cœur brusquement serré, Ellen acquiesça en silence.

— Ellen, tu es heureuse pour moi, n'est-ce pas ? reprit Sabrina, l'air soudain penaud.

— Mais bien sûr, répondit Ellen en s'obligeant à sourire.

— Mark s'est montré si agressif, tout à l'heure...

— Eh bien... c'est juste que tu ne nous avais pas habitués à tant de cachotteries, répondit Ellen d'un ton diplomatique. Si nous avions fait la connaissance du marié, peut-être...

— Oh, si ce n'est que ça, tu n'as pas à t'inquiéter ! répliqua Sabrina avec un petit rire soulagé. Harry est une pure merveille.

Avec une cruauté inconsciente, elle ajouta d'un ton placide :

— Tu pourras t'estimer heureuse si l'homme de ta vie lui arrive à la cheville.

Sous le choc, Ellen cilla à plusieurs reprises mais parvint à garder son calme. Sabrina était plus maladroite que méchante, elle ne l'ignorait pas.

— Euh... oui, c'est gentil de penser à moi.

— Tu sais bien que je serai toujours là pour te remonter le

moral, répliqua la star en se levant d'un bond, soudain requinquée. Il faut vraiment que j'y aille, cette fois... A demain, hein ?

— C'est ça..., soupira Ellen avec un brusque sentiment de lassitude. A demain !

2.

Au volant de sa camionnette, Ellen arriva comme prévu un peu avant l'aube devant la grille d'entrée de la propriété, surveillée par des caméras reliées à un moniteur : « Une véritable entrée de prison ! » ne put-elle s'empêcher d'ironiser dans son for intérieur, tout en baissant la vitre pour appuyer sur le bouton de l'Interphone.

Le portail s'ouvrit comme par magie devant elle et la camionnette remonta lentement l'allée principale bordée d'arbres centenaires. Soigneusement entretenu, le parc était d'une beauté à couper le souffle. Partout ce n'était que végétation luxuriante et parterres de fleurs multicolores, particulièrement éclatantes sous les premiers rayons du soleil. Surplombant l'océan Pacifique qui déployait au loin sa surface bleu azur, la villa blanche de style hispanique se dressait majestueusement au bout du chemin.

Rien à voir avec le quartier de leur enfance, aux ruelles défoncées et aux carrés de pelouse plantés d'arbres rabougris, songea-t-elle en bifurquant pour prendre l'allée de service, avant d'engager la camionnette dans un box libre. Comme elle manœuvrait avec précaution, un objet tomba sur le capot, la faisant sursauter. Un caillou venu du ciel ? Ou un projectile lancé par un ennemi non identifié ? Déterminée à tirer cela au clair, Ellen coupa le contact et quitta le véhicule.

A quelques centaines de mètres de là, Harry Masters avait lui aussi entendu comme un « plong » sur la carrosserie d'une voiture : une balle de golf mal dirigée — par lui-même. Cela faisait en effet deux bonnes heures qu'il se promenait dans la propriété avec ses clubs, en osmose parfaite avec la nature environnante, et décidément tenté de prendre la poudre d'escampette avant qu'il ne soit trop tard.

Mais l'adulte en lui s'y refusait. Et d'ailleurs... comment filer à l'anglaise avec un sac de golf sur l'épaule ?

A vrai dire, il aurait préféré attendre tranquillement dans son lit le début de la pendaison de crémaillère, mais Sabrina voulait avoir le champ libre jusqu'à l'arrivée des invités, à 2 heures. Et comme toujours, il avait cédé à son caprice. Car lorsqu'elle n'était pas d'humeur fantasque, la starlette se montrait volontiers superstitieuse, et son astrologue, consulté au sujet de la réception, avait décrété que Harry devait être présent, sans encombrer l'actrice.

En homme pragmatique et efficace qu'il était, il avait compris qu'il ne servirait à rien de protester. De plus, son enfance à la campagne lui avait donné le goût des réveils matinaux, et faire la grasse matinée n'avait jamais été son fort. Alors pourquoi ne pas en profiter pour frapper quelques balles, tout en faisant plaisir à la meilleure cliente du cabinet Wainwright ?

Ce qu'il n'avait pas prévu, en revanche, c'était l'arrivée d'un visiteur surprise. Aux aguets, il s'immobilisa et tendit l'oreille, essayant de déterminer d'après le crissement du gravier dans l'allée en contrebas, si l'individu venait dans sa direction. De toute évidence, oui...

Instinctivement, il s'agenouilla derrière un massif de fleurs, et dissimula son sac derrière l'écran dense du feuillage.

Quelques instants plus tard, une jolie blonde déboucha au sommet du tertre, les mains sur les hanches, les cheveux au vent. Hésitant à se montrer, Harry ôta son chapeau et, toujours embusqué, détailla furtivement la visiteuse, qui scrutait les alentours la main en visière sur le front.

Il dut retenir un petit sifflement. Ouah, quelle silhouette de rêve ! La robe moulante de la jeune femme ne dissimulait rien de ses courbes parfaites, et s'il ne l'avait vue arriver en camionnette, il aurait juré avoir affaire à une apparition céleste.

Ça tombait mal, lui-même avait l'air d'un vrai clochard,

avec son pantalon fripé, sa chemise en coton délavé, et, bien sûr, son vieux chapeau porte-bonheur — souvenir de son père — qu'il arborait toujours pour jouer au golf. Quelle malchance! Alors qu'il était toujours si impeccable, au bureau comme sur un green... Peut-être ferait-il mieux de s'éclipser discrètement, avant que...

— Eh! vous là-bas!

Trop tard... A contrecœur, Harry se releva lentement et reposa son chapeau sur sa tête avec nonchalance, s'efforçant d'imaginer qu'il portait son costume préféré.

— Euh... c'est à moi que vous vous adressez? s'enquit-il avec un flegme étudié.

— Oui, bien sûr. A qui d'autre?

A vrai dire, la jeune femme était loin d'éprouver l'assurance qu'elle affichait, car la classe et la beauté de l'homme qui venait de surgir de derrière les buissons comme un diable de sa boîte l'avaient laissée quelque peu médusée. Les jambes en coton, elle avança vers lui à pas lents, songeant que l'individu était décidément bien déconcertant: vêtu comme un jardinier, il avait le physique et l'allure d'un homme d'affaires, sans compter qu'il arborait également une montre en or massif.

Ce qui était sûr, en tout cas, c'était que de son visage mal rasé et taillé à la serpe émanait une impression de force et de virilité qui la rendait toute chose.

Le jardinier, vraiment? Vu la tenue et la posture, c'était l'explication la plus vraisemblable, en tout cas...

— Vous vouliez me parler? l'encouragea-t-il d'un ton amical.

Décidément troublée par sa beauté terriblement virile, elle respira à fond.

— Euh... oui. N'avez-vous pas entendu comme un drôle de bruit?

L'air pensif, il se caressa le menton.

— Quand ça?

— Il y a une minute, environ.

Il parut méditer.

— Il me semble avoir entendu une sorte de « plong », en effet.

20

— De l'intérieur, ça ressemblait plutôt à un « stomp »...

— Vraiment ?

— ... mais c'était sans doute le même bruit.

Harry cilla. Une seule fois.

— J'imagine qu'un « plong » peut effectivement se transformer en « stomp ».

L'étincelle de malice qui pétillait dans ses yeux bleus mit immédiatement la jeune femme sur ses gardes.

— Bref, je crois qu'un objet a heurté mon véhicule, reprit-elle avec détermination.

— Des dégâts ? s'informa-t-il d'un air peiné.

— Pas à l'œil nu... mais je voudrais quand même savoir de quoi il s'agissait.

Harry coula dans sa direction un regard à la fois surpris et admiratif.

— Hé, c'est que vous ne vous en laissez pas compter, vous !

— Exactement !

Un sourire gourmand aux lèvres, il prit son temps pour répondre.

— Mmm... J'aime les femmes qui savent ce qu'elles veulent !

Malgré elle, Ellen sentit le rouge lui monter aux joues.

— Ne laissons pas la conversation déraper, s'il vous plaît...

— Ce n'est pas ma faute si je vous trouve délicieuse !

— Euh... merci ! Mais quel rapport avec le bruit qui nous préoccupe ?

— Aucun ! Et alors ? Encore un de ces mystères insondables dont la nature a le secret... Pourquoi pas une mouette lâchant un œuf ?

Cette fois, ce fut dans le regard de la jeune femme que flamba une lueur moqueuse.

— Un œuf... dur, peut-être ?

Il rit.

— Pourquoi pas ? Dites-moi... vous aussi, vous aimez la nature ?

D'où sortait ce charmant énergumène ? s'interrogea-t-elle en luttant contre le fou rire qui la menaçait.

Soudain, elle aperçut la balle de golf qu'il tenait à la main et devina derrière un buisson, l'éclat d'un club qu'il avait dû cacher à son arrivée. Ainsi, c'était bien lui le coupable! Et en plus, il s'était payé sa tête!

Bon, maintenant que le mystère était résolu, elle n'avait plus qu'à s'éclipser. Après tout — hélas... —, elle avait du travail par-dessus la tête...

Devinant qu'elle s'apprêtait à tourner les talons, Harry sentit son estomac se nouer. D'ordinaire, en sa compagnie, les femmes perdaient toute notion du temps. Celle-ci, la plus charmante qu'il ait rencontrée depuis une éternité, ferait donc exception à la règle?

A lui de jouer, dans ce cas...

— C'est vous qui êtes en charge des festivités, mademoiselle Félicité? s'enquit-il dans l'espoir de la retenir encore un peu.

Un demi-sourire plissa les lèvres de la jeune femme.

— Vous m'avez donc vue arriver?

Zut! Il s'était piégé lui-même...

— Bien sûr! On voit à dix kilomètres, d'ici.

Son regard embrassa la campagne alentour avant de caresser de nouveau le visage d'Ellen. La brise matinale jouait dans les cheveux soyeux de la jeune femme, éclatants de vigueur et de santé au soleil matinal.

— Mmm.. *Félicité Plus*, le nom vous va à ravir, reprit-il avec un clin d'œil appuyé. Dois-je vous appeler... « mademoiselle Félicité » ou « mademoiselle Plus »?

— Euh... c'est-à-dire que je ne m'appelle pas Félicité Plus, s'esclaffa-t-elle. Mon nom est Ellen Carroll.

— Ah... c'est donc de la publicité mensongère! dit-il, un peu déçu, avant d'enchaîner: Dans quel quartier êtes-vous installée?

— A Westwood.

— « Félicité Plus »? Il me semble avoir déjà entendu parler de vous... Vous n'auriez pas un slogan, par hasard?

Elle soupira, pressée d'en finir, cette fois. Sabrina allait lui arracher les yeux si elle tardait encore.

— Ne le prenez pas mal..., lança-t-elle en fronçant les sourcils. Mais... avez-vous signé le contrat de confidentialité, pour le mariage de Mlle Thorne?

Harry dissimula un sourire. Signer un contrat ? Il en avait rédigé l'original !

— Ne vous inquiétez pas pour ça... Alors, vous en avez un ?

— Quoi, un contrat de confidentialité ?

— Non, un slogan ! Ça peut toujours servir, dans les affaires. Je pourrais vous aider à en trouver un, si vous voulez !

— « Confiez-nous votre Félicité », avoua-t-elle avec un soupçon de réticence.

— Court mais incisif, l'approuva-t-il en se caressant le menton.

— Encore heureux, puisque c'est notre slogan !

— « Notre » ? Vous avez un associé ?

— Oui, Mark, mon frère jumeau... qui n'est pas d'une grande aide, à vrai dire ! Surtout en été, quand il a la tête ailleurs.

Le regard de Harry se fit caressant

— Votre travail vous laisse quand même le temps de sortir, j'espère ?

— Bien sûr... enfin, parfois..., lâcha Ellen, le souffle saccadé.

L'ombre d'un sourire glissa sur les lèvres de son interlocuteur.

— Personnellement, j'ai toujours pensé qu'il était possible de mêler plaisir et affaires...

— Votre travail vous tient à cœur, j'imagine ?

— Et comment ! Il faut travailler d'arrache-pied pour rester le meilleur !

— Du lever au coucher du soleil, c'est ça ? lança-t-elle avec un petit sourire entendu qui laissa Harry perplexe. Maintenant que j'y pense, je suis sûr que Mark serait plus à l'aise dans votre branche que dans la sienne...

Harry demeura bouche bée.

— Vous savez ce que je fais comme travail ?

D'un petit geste rapide, elle retira une brindille du col de la chemise de son interlocuteur.

— Premier indice...

— Euh... comment ça, « premier indice » ? bredouilla-t-il, de plus en plus abasourdi.

— Et Sabrina m'avait dit hier que vous seriez présent..., continua-t-elle, imperturbable.

Harry tressaillit.

— Que vous a-t-elle dit au juste ?

— Que le jardinier... euh... l'intendant ferait une ultime tournée d'inspection avant la réception.

Le quiproquo fit sourire Harry intérieurement. Bon, il commençait à comprendre...

— A... à vrai dire, je connais chaque pouce de terrain mais...

— Les massifs de pivoines et les coquelicots sont splendides ! l'interrompit-elle avec enthousiasme.

Oui, la propriété était splendide..., l'approuva-t-il en lui-même. D'ailleurs, c'était lui qui l'avait dénichée et en avait parlé à Sabrina.

— Mais dites-moi... on dirait que vous vous êtes battu avec un rosier, remarqua-t-elle en montrant des griffures sur ses avant-bras.

Décidément enchanté par ce petit jeu, il acquiesça en riant. Si elle acceptait de bavarder si longtemps avec lui, ça devait bien être parce qu'elle lui trouvait du charme, n'est-ce pas ? Voilà qui le flattait diablement, lui que les femmes convoitaient si souvent pour sa fortune et son pouvoir...

Hélas, elle venait de consulter sa montre.

— Ecoutez, il faut vraiment que j'y aille. Sabrina m'attend, et la patience n'est pas son fort... ce qui ne m'empêche pas de l'aimer tendrement ! se crut-elle obligée d'ajouter.

— On dirait que vous connaissez bien Mlle Thorne..., s'étonna Harry.

— Oh, nous sommes des amies d'enfance, elle et moi...

Harry se mordit la lèvre. Bon, la supercherie avait assez duré : il était temps d'avouer la vérité.

— Ecoutez, Ellen, je dois vous dire...

La sonnerie d'un téléphone portable le coupa net. Instinctivement, il tendit la main vers la poche intérieure de sa veste, mais l'appel était pour la jeune femme.

— Oui, oui, j'arrive..., l'entendit-il balbutier d'un ton gêné. C'est... c'est juste que j'ai rencontré ton jardinier.

Elle dut s'arrêter, comme noyée sous le flot de paroles de Sabrina.

Harry sentit son cœur se serrer. Cette fois, il devait à tout prix révéler son identité avant qu'Ellen ne s'enferre un peu plus, et donne à Sabrina l'occasion d'en faire des gorges chaudes. Confondre son conseiller financier avec un jardinier, elle en rirait encore dans une semaine !

Et il n'avait aucune envie de blesser la délicieuse jeune femme que le hasard avait jetée en travers de son chemin.

Ellen coupa la communication et replaça le portable dans son sac. Avait-elle rêvé, ou bien cet homme avait-il furtivement enregistré le numéro d'appel du téléphone, affiché en permanence sur l'écran ?

Songeant avec un délicieux petit frisson que cette rencontre aurait peut-être une suite, elle lui adressa un sourire timide.

— Euh... ravie de vous avoir rencontré, monsieur... Comment vous appelez-vous, au fait ?

Mis au pied du mur, il hésita.

— Mes amis me surnomment « Houdini, le magicien », répondit-il, préférant biaiser. Tours de passe-passe en tout genre...

Il agita frénétiquement ses dix doigts :

— C'est que j'ai la main verte, vous comprenez.

Eclatant de rire, Ellen applaudit.

— Merveilleux ! Sauf que le numéro n'est pas tout à fait au point...

— Pourquoi ?

— J'ai compris d'où venait le projectile qui a heurté ma voiture !

Oh, Oh... Un sourire penaud aux lèvres, Harry n'eut d'autre solution que de sortir de sa poche une balle de golf.

— Je plaide coupable pour le « plong », et j'en suis désolé... Vous ne m'en voulez pas, j'espère ? Ça me fendrait le cœur...

— Mais non... Une telle imagination mérite la clémence, s'esclaffa-t-elle en se détournant pour prendre congé.

— Minute ! Attendez de voir ce qui va sortir du chapeau !

Elle fit volte-face en riant.

— Désolée, mais je n'ai pas le temps. La prochaine fois, peut-être ? Vous m'appellerez, n'est-ce pas ?

Un lent sourire plissa les lèvres du jeune homme.

— Je n'y manquerai pas !

— Enfin te voilà, je t'attends depuis des siècles ! protesta Sabrina avec véhémence.

Debout dans sa luxueuse cuisine, l'actrice fixait son amie d'enfance d'un air réprobateur. Et malgré son irritation d'être tancée comme une enfant, Ellen ne put s'empêcher d'admirer l'allure de la star. Moulée dans un collant de Stretch noir brillant, des cuissardes soulignant le galbe de ses jambes fuselées et un chemisier en mousseline de soie rose pâle rehaussant la pureté de son teint, elle était tout simplement éblouissante.

— Excuse-moi, j'ai juste échangé quelques mots avec le jardinier.

— Avec Boris ? hoqueta Sabrina, sidérée. Ça par exemple ! D'ordinaire, il est muet comme une carpe.

Ellen eut un haussement de sourcils étonné. « Boris » ? Quel nom affreux ! Pas étonnant qu'il préfère « Houdini »...

Avec l'énergie d'un tourbillon, Sabrina l'avait déjà prise par le bras pour la guider vers les fourneaux, devant lesquels se tenait un petit homme brun, tout de blanc vêtu. Visiblement furieux, il faisait tinter ses casseroles de cuivre tout en marmonnant des mots incompréhensibles qui sonnaient comme du français.

Ellen comprit qu'il lui incombait de calmer le jeu.

— Vous devez être Claude, je suppose ? lança-t-elle chaleureusement.

Le visage fermé, l'homme répondit par un nouvel épanchement dans sa langue maternelle.

Ellen demeura interloquée.

— Euh... qu'a-t-il dit au juste, Sabrina ? s'enquit-elle auprès de son amie, sachant que celle-ci maniait mieux qu'elle la langue de Molière du fait de sa participation régulière au festival de Cannes.

L'actrice releva la tête avec arrogance.

— Peu importe ! C'est inouï de penser que tu travailles avec ce type ! Quel contraste avec Pauline, si charmante et si efficace !

Ellen dissimula un sourire. N'avait-elle pas distinctement entendu le terme « crétine » ?

— C'est un chef de renom, objecta-t-elle à son amie. Il fallait bien ça pour ton mariage, non ?

— Mais d'où sors-tu ce clown pompeux ?

Après une hésitation, Ellen avoua :

— C'est Mark qui l'a engagé.

L'actrice laissa fuser une exclamation.

— J'aurais dû me douter que ton frère ferait n'importe quoi !

— Mais enfin, que se passe-t-il ? soupira Ellen.

Sabrina darda sur le chef un regard assassin.

— Des œufs de caille ! Je veux des œufs de caille en gelée, un point c'est tout !

Comme piqué au vif, le petit homme pirouetta sur lui-même et lâcha dans un anglais parfait, quoique teinté d'un fort accent :

— Comment vous satisfaire, sans les ingrédients nécessaires ? C'est vous qui devriez aller vous faire cuire un œuf.

Droite comme un i, Sabrina tremblait de rage.

— C'est vous qui avez refusé de comprendre ce que je vous expliquais !

— Pourquoi ne pas m'avoir laissé le champ libre ? Je connais mon métier !

Le ton de Sabrina se fit mordant.

— Essayez au moins de nous servir quelque chose de mangeable !

— De... mangeable, s'étrangla Claude, au bord de la crise d'apoplexie. Je suppose que c'est une plaisanterie, madame ? Je suis un artiste, moi, pas un cuisinier de fast-food !

— Comment osez-vous me parler sur ce ton ? cingla l'actrice. Savez-vous seulement à qui vous vous adressez ?

— A Ava, l'héroïne de *Cœurs troublés*, répliqua-t-il du tac au tac, pas le moins du monde impressionné. D'ailleurs, je tiens à vous dire que je n'ai pas du tout apprécié la façon dont vous vous êtes débarrassée du petit garçon en l'envoyant en pension...

Sabrina laissa fuser un rire cruel.

— Mais c'est dans le scénario, imbécile !

Ellen frémit. La situation menaçait de devenir incontrôlable.

— Arrêtez !

Elle tourna vers Claude un sourire apaisant.

— Claude, votre buffet de fruits de mer sera divin, j'en suis sûre ! Et Sabrina sera la première à l'apprécier !

L'actrice refusa pourtant de se dérider.

— Mais il y a toujours eu des œufs de caille en gelée à tous mes mariages ! s'indigna-t-elle d'un ton théâtral. Je n'y peux rien, si ça me sert de porte-bonheur !

Elle se mordit la lèvre, réalisant brusquement qu'elle venait de se trahir, mais... trop tard.

— Votre... mariage ? s'exclama Claude en tournant vers l'actrice un regard soudain extatique. C'est pour son mariage que mademoiselle a choisi Claude tout spécialement ?

Tremblant d'émotion, il prit Sabrina par l'épaule et lui plaqua sur les joues deux gros baisers sonores.

— Quel honneur ! J'espère être le premier à féliciter la mariée...

Les deux jeunes femmes échangèrent un regard mi-figue, mi-raisin.

— A-t-il signé un contrat de confidentialité ? s'enquit Sabrina avec inquiétude.

— Pour ça non ! précisa le Français avec un sourire satisfait.

— Mais c'était obligatoire ! dit Sabrina en blêmissant.

Mark aurait oublié le chef, l'homme-orchestre dont tout dépendait ? s'interrogeait Ellen, le cœur battant à tout rompre. Non, impossible...

Sabrina l'avait entraînée un peu plus loin.

— C'est encore Mark qui s'en est occupé ?

— Oui, avoua Ellen.

— Comment as-tu pu lui laisser la bride sur le cou ? Tu sais bien qu'il ne me veut que du mal !

Du mal ? Ellen se mordit les lèvres. Bien au contraire, la

jeune femme soupçonnait son frère d'être follement amoureux de Sabrina. Mais ce n'était ni à elle de le dire, ni le moment pour le faire.

— Ecoute, il est encore temps de réparer les dégâts..., suggéra-t-elle en sortant un formulaire de son sac.

Le chef couvait l'actrice d'un regard adorateur.

— Mon personnel est à votre disposition, Ava, dit-il sobrement.

— Use de ton charme pour le faire signer..., souffla Ellen à l'oreille de Sabrina. Pendant ce temps-là, je m'occupe du fleuriste.

Décidément inquiète de la tournure que prenait la réception, la jeune femme regagna le hall d'entrée, en songeant qu'elle aurait mille fois préféré rester au jardin, à faire des tours de magie avec Houdini...

Au même instant, Harry n'avait qu'une seule envie : regagner la fraîcheur de la maison pour boire un bon thé glacé et manger un morceau. Après sa charmante rencontre, toute envie de frapper dans une balle l'avait quitté et, son sac sur l'épaule, il se dirigea vers sa Porsche, quand un petit sifflement d'irritation lui échappa : un tracteur, appartenant au vrai jardinier, bloquait sa voiture.

Bizarre que Boris ait choisi ce petit coin secret, où personne, à part lui, ne se garait jamais... Et puisque Sabrina lui avait formellement interdit l'accès de la maison, il n'avait d'autre solution que de continuer à se promener dans le vaste parc que les préparatifs de la fête commençaient à animer.

Une bonne demi-heure s'écoula ainsi, avant qu'il ne revienne s'asseoir à l'ombre du palmier, sur la colline où il avait rencontré Ellen.

Dans la propriété, ce n'était plus qu'un véritable ballet de véhicules : la camionnette du fleuriste remontait l'allée, suivie d'un camion de matériel de location, et de l'orchestre, tandis que la pédicure et l'attachée de presse venaient juste de partir. Quant à Boris, il était maintenant posté dans la guérite près du portail, contrôlant avec soin tous les visiteurs... même ceux qui quittaient la propriété ! Il avait peur qu'on ne vole l'argenterie, ou quoi ? s'interrogea Harry avec humour.

Etouffant un soupir, il cala sa nuque contre le tronc du palmier et se mit à rêvasser, songeant avec délices à tous les mets délicieux qui resteraient après la fête. Perpétuellement au régime, Sabrina n'en voudrait pas, et ce serait sans remords qu'il pourrait en garnir son réfrigérateur, dans son luxueux loft de Brentwood dont les placards étaient toujours désespérément vides ! Son emploi du temps trépidant l'obligeait à dîner fréquemment au restaurant.

Il rêva également de la charmante miss Félicité. Sous ses dehors mutins, quelle redoutable femme d'affaires elle devait être ! Et lui qui adorait les femmes de tête... Mais pourquoi diable avait-elle rentré sa camionnette au garage, au lieu de la laisser dehors pour se faire de la publicité ? C'était comme ce slogan, trop court et mal fichu... Mmm, elle aurait bien besoin de quelques conseils, n'est-ce pas ?

Et d'ailleurs... pourquoi ne prendrait-il pas lui-même l'initiative de placer la camionnette bien en vue ? Enchanté par cette idée, il se leva d'un bond et descendit de son perchoir aussi vite que le lui permettaient ses chaussures de golf éculées.

L'obscurité du garage l'obligea à retirer ses lunettes de soleil. Faisant le tour de la camionnette rouge, il eut le choc de sa vie : Félicité Plus était spécialisée dans les cérémonies nuptiales !

Et mademoiselle Félicité avait sans doute raccourci son slogan pour dissimuler cette information capitale. Dans quel but ? Perplexe, Harry se gratta le menton.

Soit Sabrina avait décidé de jouer les bonnes fées en confiant à sa vieille amie le soin d'organiser la réception... soit elle avait choisi un pauvre type pour jouer le rôle ingrat de son troisième mari !

L'égocentrisme de l'actrice semblait devoir infirmer la première proposition.

Restait la théorie du mariage...

Et elle ne lui en aurait rien dit ? C'était quand même étonnant... Ils s'étaient beaucoup vus ces derniers mois, et Harry se flattait même d'être devenu son confident.

Mais jamais, lors de leurs rendez-vous d'affaires — toujours tard le soir —, ou lorsqu'ils s'étaient mis tous les deux en quête d'une nouvelle villa, il n'avait soupçonné que Sabrina avait un homme dans sa vie.

Il ne lui restait plus qu'à prier pour que ce mariage n'annule pas le juteux contrat de conseiller financier passé avec l'actrice !

Haussant les épaules, il examina la camionnette avec soin. La portière était ouverte mais les clés de contact n'étaient pas au tableau de bord. Quant au toit, il ne portait aucune trace d'impact.

Il referma la porte et s'essuya les mains avec satisfaction. Eh bien voilà, il tenait un prétexte idéal pour s'excuser... puis pour inviter Félicité à dîner quelque part, au bord de l'océan peut-être. Ils pourraient se chamailler sur la différence entre un « stomp » et un « plong », élaborer une stratégie publicitaire... Quel bonheur !

L'arrivée d'une camionnette bleu pâle le tira de sa rêverie ; on pouvait lire, sur le côté, Pâtisserie Pauline.

— Bien le bonjour, monsieur ! le salua le conducteur, un petit homme chauve, souriant et costaud.

Une flamboyante rousse était assise à côté de lui. Harry les observa s'extraire du véhicule et sourit poliment à la rousse, qui le regardait fixement.

— C'est un grand jour, n'est-ce pas ? finit-elle par susurrer avec un clin d'œil complice qui laissa Harry ébahi.

Il détailla ses traits, cherchant désespérément dans sa mémoire qui pouvait bien être cette étonnante personne.

Rien.

— Euh... c'est vous qui livrez le gâteau ? hasarda-t-il en voyant l'homme ouvrir grand la portière arrière de la fourgonnette.

— Eh oui ! confirma-t-il d'un ton jovial. Je m'appelle Morty, et voici ma femme, Pauline...

Harry sentit un sourire lui monter aux lèvres.

— Très joli nom... Pour une femme comme pour une pâtisserie !

— Vil flatteur ! le tança Pauline en glissant son bras sous le sien.

— Nous... nous nous connaissons ? bredouilla-t-il, de plus en plus médusé.

Elle eut un regard entendu.

— Oui et non...

La réponse fut ponctuée d'un petit rire de gorge.

— C'est que je connais par cœur votre bobine...

— Comment ça ? s'enquit son mari d'un ton soupçonneux.

— Mais c'est *lui* ! s'exclama Pauline en se tournant vers Morty.

— Lui... c'est vraiment *lui* ? lâcha ce dernier sans y croire.

— En chair et en os ! confirma joyeusement Pauline avant de reporter son attention sur Harry. Je ne vous ai pas loupé, mon chou. Les photos sur les pièces montées, c'est ma spécialité !

Harry était en train de se demander s'il n'avait pas loupé un épisode crucial.

— A... à vrai dire, je ne vous suis pas très bien...

— Bah, vous verrez bien tout à l'heure au dessert.

Harry réprima un petit frisson. Devait-il comprendre que... ? Non, elle n'avait tout de même pas osé...

Son regard se posa sur les cartons blancs que transportait Morty.

Il devait à tout prix savoir !

Le cœur battant, il indiqua au couple la grille en fer forgé qui donnait accès à l'entrée des fournisseurs.

— Laissez-moi vous aider..., ajouta-t-il en leur prenant un carton des mains.

Pauline leva vers lui ses cils chargés de rimmel.

— J'espère que vous serez satisfait de nos services. Et vous pouvez nous faire confiance, nous savons tenir notre langue !

L'esprit vide, Harry acquiesça mécaniquement et les observa disparaître à l'intérieur de la maison.

Puis il ouvrit fébrilement la boîte qu'il avait à la main et crut défaillir.

Sur un fond blanc glacé, un portrait à l'aérographe représentait un couple de mariés : Sabrina et... lui-même ! Les yeux dans les yeux !

Jamais il n'avait regardé aucune femme de cette façon-là ! Et d'ailleurs, jamais il n'avait demandé quiconque en mariage !

32

Qu'était allée s'imaginer cette folle de Sabrina? Qu'elle pourrait le forcer à l'épouser? C'était bien son genre! En parfaite enfant gâtée qu'elle était...

De son côté, Harry dut admettre qu'il avait peut-être un peu trop pris à cœur son rôle de chevalier servant... Et qu'il était grand temps de redresser la barre!

Le gâteau sous le bras, il pénétra dans la maison, furieux contre Sabrina, mais bien plus encore contre Ellen! Quelle déception! Il l'avait trouvée si délicieuse! Alors que ce n'était qu'une vulgaire manipulatrice!

C'était bien sa veine, de s'en être amouraché au premier regard! Lui d'ordinaire si impavide avec les femmes...

Déboussolé, il sursauta en croisant Morty et Pauline qui quittaient les cuisines.

— Tout s'est bien passé? s'enquit-il avec un sourire figé.

— Oh, nous n'avons fait que passer! Ellen nous avait bien dit de tenir notre langue...

— Ah oui? lâcha-t-il d'un ton glacial.

— On vous fait confiance pour le dernier carton, hein? dit Morty.

— Il ne saurait être en de meilleures mains, confirma Harry, les dents serrées.

— La prochaine fois que vous aurez besoin de pâtisseries, pensez à nous! lâcha joyeusement Pauline.

Il fit oui de la tête, tout en songeant qu'il ne risquait pas de manger de gâteaux de sitôt.

33

3.

Après avoir observé la camionnette s'éloigner dans l'allée, Harry resta un long moment immobile, essayant de faire le point.

Il pouvait bien sûr aller tout droit retrouver Sabrina et lui balancer le gâteau au visage pour lui dire sa façon de penser.

Mais il y aurait un prix à payer : l'annulation du contrat, son renvoi possible du cabinet Wainwright, le mépris de Stuart Wainwright... Sabrina ne se gênerait pas pour donner au vieil homme sa version des faits. Son talent d'actrice et le goût légendaire de Stuart pour les jolies femmes feraient le reste. Bref, un naufrage de premier ordre, digne du Titanic...

Que faire ? s'interrogea-t-il en sentant l'angoisse monter. Se laisser passer la corde au cou pour sauver sa carrière ? Son cœur fit un bond. D'accord, il prenait très au sérieux son rôle de chevalier servant... mais à ce point ?

Comment échapper au piège infernal, alors ?

En disparaissant... Oui, c'était la seule issue ! Un escamotage dans le plus pur style Houdini... D'ailleurs, nul doute que Sabrina préférerait cette solution à un désaveu public.

Bon, ne restait plus qu'à mettre son plan à exécution. La Porsche étant inaccessible, il allait falloir trouver un autre véhicule. L'Austin écarlate et la limousine crème de Sabrina étaient garées à côté de la camionnette de Félicité Plus, mais un rapide examen lui confirma que ni l'une ni l'autre n'avaient de clés de contact.

Respirant à fond pour se détendre, il composa sur son téléphone portable le numéro du pavillon de l'entrée.

Boris ne tarda pas à décrocher.

— Monsieur Masters ? Que puis-je faire pour vous ?

— Ecoutez, c'est très simple, lança-t-il sur un ton badin. Je voulais repasser chez moi pour me changer mais j'ai trouvé ma voiture bloquée...

La réponse tomba comme un couperet.

— Madame vous a vu dans la propriété, et a suggéré que vous y restiez jusqu'à la réception, observa Boris, impassible. Les salles de bains ne manquent pas à la villa... et je crois que vous y avez laissé un habit de soirée.

Harry étouffa un juron. La semaine précédente, lui et Sabrina avaient assisté à une vente de charité au bénéfice d'un hôpital pour enfants, et, au cours du dîner, Sabrina s'était débrouillée pour renverser de la sauce aux clams sur le plastron de son smoking. Confuse, elle avait insisté pour le faire nettoyer.

Aurait-elle tout manigancé pour avoir un costume sous la main ? Elle en était bien capable, en tout cas...

— Vous trouverez des sous-vêtements et des chaussettes propres dans les tiroirs de la salle de bains du rez-de-chaussée, ajouta Boris du même ton doucereux. Il y en a toujours pour les hôtes de passage.

Mmm... bien pratique ! songea Harry, mécontent. Boris devait être dans le coup, à n'en pas douter. Rien d'étonnant, de la part de l'homme à tout faire de Sabrina, celui qui nourrissait l'actrice à la petite cuillère après ses tournages et ses opérations de chirurgie esthétique. Parfois bourru comme un ours, il était loyal comme un saint-bernard et fort comme un bœuf.

Et non seulement il n'aiderait pas Harry à s'échapper, mais il faudrait même sans doute lui passer sur le corps pour s'enfuir de la propriété !

Bref, il était bel et bien prisonnier...

— Merci, Boris, soupira-t-il avant de grommeler dans sa barbe, après avoir coupé la communication : espèce de salopard !

Dieu merci, un autre projet prenait forme dans son esprit : miss Félicité pouvait encore le tirer de ce guêpier !

D'ailleurs, elle lui devait bien ça... N'avait-elle pas sournoisement comploté avec Sabrina ?

D'un doigt impatient, il composa le numéro du portable de la jeune femme, qu'il avait retenu par cœur.

L'heure du règlement de comptes avait sonné.

— Excusez-moi, mais je vous entends mal..., dit Ellen en rejetant ses cheveux en arrière pour mieux entendre la voix masculine qui s'échappait du combiné. Vous êtes Stuart Wainwright, du cabinet Wainwright ?

Au fond du garage, Harry eut un sourire mauvais.

— Exactement, répondit-il, en s'efforçant d'adopter la voix fluette d'un homme de soixante ans.

L'imitation n'était guère convaincante, mais tant pis, l'heure n'était pas au perfectionnisme. Il devait faire vite, la bousculer pour qu'elle n'ait pas le temps de réfléchir. La réception débuterait dans deux heures, et il était vital qu'il ait quitté la propriété avant l'arrivée des invités. Après, il serait trop difficile de distraire Ellen de ses obligations. Et sa fourgonnette était le seul véhicule susceptible de passer l'entrée sans faire l'objet d'une inspection en bonne et due forme.

— Que puis-je pour vous, monsieur ? l'interrogea-t-elle poliment tout en continuant à examiner la décoration florale de l'immense salon.

— Sabrina est là ?

— Non, désolée. Voulez-vous que...

— Oh, surtout pas ! Je préférerais que ce coup de fil reste entre nous...

— Ah bon ?

Un peu perplexe, Ellen se dirigea vers la salle à manger, dont l'immense baie vitrée offrait un panorama à couper le souffle sur l'océan. Un rapide coup d'œil à travers la vitre lui permit de constater que dans le jardin régnait une agitation fébrile : des dizaines de tables avaient été installées sous un immense dais rayé jaune et blanc, et des techniciens s'activaient autour de la sono, près d'une estrade. A vrai dire, elle aurait dû aller superviser en personne l'installation, mais on ne plantait pas comme ça un homme tel que Stuart Wainwright, un magnat de la finance susceptible de lui amener de riches clients.

— Que se passe-t-il, monsieur Wainwright? s'enquit-elle d'un ton plein de sollicitude. Y aurait-il un problème?

Elle avait prononcé ces mots avec tant de gentillesse que Harry sentit le remords le tenailler.

Mais tant pis, elle n'avait pas à le prendre pour un idiot. Dorénavant, c'était chacun pour soi...

— C'est à propos du mariage..., reprit-il d'un ton posé.

— Ah... J'ignorais que vous étiez au courant, à vrai dire.

Tiens, Sabrina n'avait rien dit à Stuart? C'était futé de sa part... Le vieil homme aurait été incapable de tenir sa langue.

— Euh... Harry ne me cache rien, vous savez. Je suis comme un père, pour lui. Et justement, je voulais vous parler des alliances...

Ellen arbora un sourire soulagé.

— Alors pour ça, vous n'avez pas à vous inquiéter : elles sont ici... et elles sont splendides, vous pouvez me faire confiance!

Harry ne put retenir un petit frémissement. Ainsi, Sabrina avait tout prévu, même la quincaillerie! Des rebuts de ses premiers mariages, peut-être? Comme les sous-vêtements et les chaussettes que Boris voulait lui refiler?

Luttant contre une mauvaise humeur croissante, il se força à conserver un ton égal.

— Non, je ne voulais pas parler des alliances officielles, mais d'un cadeau que je leur destine...

— Comme c'est gentil de votre part!

— J'aurais voulu que vous le leur remettiez en personne. Mais il faudrait venir le chercher... tout de suite!

— Tout de suite?

Ellen hésita, incertaine.

— C'est que je suis terriblement occupée, avec la réception.

— Je comprends bien mais je suis moi-même en fâcheuse posture, car je ne peux venir en personne, et Harry m'a prévenu que l'entrée de la propriété serait soigneusement filtrée...

— Peut-être pourrais-je me libérer une demi-heure... Voulez-vous que je passe chez vous ? Ou à votre bureau ?

— Au vôtre, plutôt, suggéra-t-il. Un de mes employés va vous apporter les bagues...

— Comme vous voudrez... Voici mes coordonnées.

A peine la conversation téléphonique fut-elle achevée que Harry se réfugia à l'arrière de la camionnette et s'y dissimula du mieux qu'il put. Les minutes s'égrenèrent lentement. Et si elle changeait d'avis ? s'interrogea-t-il avec angoisse. Ou si elle cherchait à rappeler Stuart ?

Songeant que deux précautions valaient mieux qu'une, il prit de nouveau son téléphone cellulaire, composa le numéro du cabinet Wainwright et attendit anxieusement qu'on décroche.

— Terence Chapman à l'appareil, fit une voix pincée.

— Ah ! Terence..., lâcha Harry avec soulagement en reconnaissant la voix du jeune stagiaire. Ici Harry Masters...

— Bonjour, monsieur Masters. Je travaillais justement à la fusion Piedmont..

— Très bien, très bien... Euh... dis-moi, Terence, Stuart est là ?

— Non, il est rentré chez lui se changer pour la réception de Sabrina Thorne.

— Ah, tant mieux... Saute dans une voiture de la compagnie et retrouve-moi à Westwood Village près d'une boutique qui s'appelle Félicité Plus. Je serai dans une camionnette...

— « Plus »... quoi ?

— Félicité Plus, point à la ligne. Expert-conseil en cérémonies nuptiales...

— Vous... vous êtes sérieux ? Sauf votre respect, je veux dire...

— Je suis tout ce qu'il y a de plus sérieux, Terence. Et salement dans le pétrin.

— C'est grave ?

— Une histoire de fille... ou plutôt, de filles au pluriel.

— Vous sortez avec deux filles, c'est ça ?

— Pas... exactement.

Un petit gloussement fusa dans le combiné.

— Attendez que je raconte ça aux autres ! Ils vont adorer...

— Raconter ça aux autres ? s'exclama Harry, alarmé. Hors de question ! Tu as intérêt à la boucler, mon vieux ! Et maintenant, saute dans la voiture et viens me retrouver à Westwood ! Vite fait...

— Mais comment vais-je reconnaître la camionnette ?

— Elle est rouge vif, avec le logo de Félicité Plus sur les côtés...

— Ce n'est pas une blague, hein ? Je veux dire, une sorte de bizutage réservé aux nouveaux ?

Harry dut maîtriser un petit rire nerveux : la portière avant du véhicule venait de claquer et, bientôt, le moteur fit entendre un ronflement qu'il trouva délicieux. Bientôt, il serait libre !

— Non, ce n'est pas une blague... Allez, grouille !

Ellen fonça dans l'allée mais dut piler net devant les grilles d'entrée, obstinément closes.

Au même instant, Boris sortit de la guérite et effleura de la main le rebord de sa casquette pour la saluer d'un air cérémonieux. Un peu irritée par tous ces salamalecs, la jeune femme s'obligea à sourire.

— Vous sortez, mademoiselle Carroll ?

— Euh... oui.

Médusée, elle l'observa faire le tour du véhicule, glisser un œil par la vitre arrière puis revenir sur ses pas.

— Un problème ? s'enquit-elle avec un soupçon d'irritation.

— Non, non... C'est juste que Mlle Thorne m'a donné l'ordre de vérifier tous les véhicules quittant la propriété. Mais vous, bien sûr, c'est différent...

La colère d'Ellen fit place à un sentiment de tristesse. Sabrina virait paranoïaque, ou quoi ?

— Je n'ai qu'une course à faire, de toute façon... et je serai de retour bien avant le lever de rideau !

Visiblement convaincu, Boris consentit à regagner sa guérite et à déclencher l'ouverture du portail.

Bientôt, la camionnette fila vers Westwood, avant d'être ralentie par les embouteillages matinaux. Ellen décida d'en profiter pour appeler son frère.

— Salut, associé! lança-t-elle d'un ton ironique, quand Mark eut enfin décroché, au bout de la huitième sonnerie. Tu viens de piquer un sprint, ou quoi?

Le souffle court et le costume déjà tout froissé, Mark venait de se laisser tomber dans le gros fauteuil tendu de satin qui trônait derrière le bureau de Félicité Plus

— On peut le dire! grommela-t-il. Je viens tout juste de réceptionner tout un tas de trucs hors de prix que tu as commandés.

— Tu veux parler des tasses et des soucoupes en porcelaine?

— Exactement... Et il y avait aussi une cafetière géante, ainsi que des porte-bouteilles. Tu peux m'expliquer à quoi ça sert, tout ça?

— Ce n'est pas une cafetière géante, mais une machine à cappuccino, répliqua Ellen, un peu vexée. Et ça va dans le vestibule... Il s'agit d'impressionner la clientèle, mon petit frère chéri!

Comme le bouchon se résorbait, la jeune femme accéléra avec soulagement.

— Pourquoi m'appelles-tu, au fait? Je t'entends mal... Tu n'es pas chez Sabrina?

— Non, je t'expliquerai... Mais figure-toi que je n'ai pas encore rencontré Harry Masters, lui confia-t-elle, en changeant de file avec audace sous le nez d'un semi-remorque.

C'était curieux mais... il lui avait semblé entendre comme un objet ballotté de part et d'autre, à l'arrière de la camionnette. Bizarre, elle ne transportait rien de lourd, pourtant...

— Le mystère qui entoure le futur marié me semble étrange, grommela Mark à l'autre bout du fil.

Sa mauvaise humeur ne surprit guère la jeune femme. Chaque mariage de Sabrina l'avait mis dans cet état.

Brièvement, elle lui parla du cadeau de Stuart Wainwright et de la livraison imminente des anneaux par un employé du cabinet.

Mark jeta un coup d'œil par la fenêtre.

— Je ne vois personne pour l'instant... Attends, un type se pointe. En Mercedes. Ne bouge pas, je vais vérifier...

Deux minutes plus tard, Mark confirmait la nouvelle.

— C'est Terence Chapman, du cabinet Wainwright. Tu veux lui dire deux mots ?

— Non, non, j'arrive.

— Dois-je lui offrir une boisson pour l'impressionner ? persifla Mark. Un cappuccino, peut-être ?

— Laisse tomber... Tout ce que je te demande, c'est de récupérer les anneaux !

Mark reposa le récepteur sur son socle doré et sourit au messager, qui l'avait accompagné dans la boutique.

— Ma sœur est absente, mais elle m'a chargé de recevoir la livraison.

Terence Chapman eut un sourire incertain.

— C'est... c'est-à-dire que je ne suis pas censé en parler avec qui que ce soit...

Mark fronça les sourcils.

— Comment ça ? Je croyais que vous aviez quelque chose à livrer... Vous ne venez pas de chez Wainwright ?

Chapman ressemblait maintenant à un animal pris au piège.

— A... à vrai dire, c'est Harry Masters qui m'envoie...

Il marqua un temps d'arrêt avant d'ajouter, penaud.

— Mais j'imagine que je n'étais pas censé vous en parler.

— Harry Masters ? reprit Mark en s'approchant. Vous n'avez pas des alliances ?

De livide, Chapman devint vert pâle.

— Oh, moi, tout ce que je sais, c'est que j'ai rendez-vous avec une camionnette rouge vif. Qui ne devrait pas tarder à arriver...

— En effet... Expliquez-moi donc pourquoi vous vous y intéressez tant !

Le regard de Chapman se fit implorant.

— Ne me posez pas de questions, je vous en prie...

Mark feignit d'être blessé.

— Oh, j'essayais juste de vous aider !

— Vraiment ?

— Bien sûr !

Au même instant, la camionnette de Félicité Plus se gara juste derrière la Mercedes gris métallisé. Vive comme l'éclair, la jeune femme bondit du siège avant pour rejoindre Mark et le jeune inconnu, qui l'attendaient sur le trottoir.

— Me voilà! Où est le paquet? lança-t-elle sans perdre de temps.

— Ellen, je te présente Terence Chapman du cabinet Wainwright, lança Mark avec son flegme habituel. Mais il semblerait qu'il n'ait pas les alliances...

La jeune femme ne put retenir un petit soupir agacé.

— Comment ça? J'ai eu Stuart Wainwright au téléphone! Il m'a dit que...

— Chapman n'a rien, Ellen, coupa son frère.

— Alors qu'est-ce qu'il fait là?

Posté un peu plus loin, le jeune homme semblait se décomposer.

— Je ne crois pas un traître mot de l'histoire qu'il m'a racontée, ajouta Mark à l'oreille de sa sœur.

— Comment ça? soupira-t-elle en commençant à trouver ce petit jeu pas très drôle.

— Supposons que tu aies été attirée ici sous un prétexte bidon..., continua Mark avec une mine de comploteur. Qu'on t'ait utilisée comme chauffeur pour une évasion...

— Mais enfin, qu'est-ce que tu racontes?

— C'est Harry qui l'a envoyé! confia-t-il à sa sœur en désignant discrètement Chapman. Pas Stuart Wainwright!

— Harry? s'exclama-t-elle sans y croire. Tu... tu veux dire le fiancé de Sabrina?

— Oui! Je crois que Harry a inventé cette histoire d'alliances pour t'attirer ici!

— Mais... dans quel but?

— Pour s'évader, pardi!

— Tu veux dire... du mariage? souffla Ellen.

— D'après ce que m'a dit Terence, j'ai de bonnes raisons de penser que le marié se cache à l'arrière de ta camionnette...

Un petit sourire fielleux aux lèvres, il ne put s'empêcher d'ajouter :

— Eh bien, ce mariage aura été encore plus rapide que les précédents!

Médusée, Ellen se passa nerveusement la main dans les cheveux.

— Mais enfin, c'est une histoire à dormir debout ! Il aurait fallu qu'il connaisse la camionnette, qu'il sache que Boris était une relation, et qu'il ait mon numéro de portable...

Malgré ces dénégations, les pièces du puzzle se mettaient lentement en place dans l'esprit de la jeune femme.

Comprenant soudain, elle demeura un long moment immobile, incapable d'émettre le moindre son. Puis elle se rua sur le véhicule et, de toutes ses forces, ouvrit grand la porte arrière.

— Vous ! s'étrangla-t-elle en découvrant sur un tas de cartons renversés, le gâteau sur les genoux, Houdini en personne.

— C'est vous Harry ? Harry Masters ? s'écria Ellen, partagée entre la colère et la stupéfaction.

— En chair et en os, répliqua l'intéressé, soulagé de mettre fin à cet assommant quiproquo.

D'autant qu'après avoir été secoué, ballotté, heurté en tous sens à l'arrière de la camionnette, il respirait à l'air libre avec délices.

— Si je comprends bien, vous vous connaissez ! remarqua Mark, en braquant sur sa sœur l'appareil photo qui ne le quittait jamais.

La jeune femme décocha à son frère un regard assassin, avant de fixer de nouveau Harry, qui s'extirpait tant bien que mal de la camionnette, le carton du gâteau à la main, et son sac de golf sur l'épaule.

« Oh ! Il ne s'en tirera pas comme ça... », frémit-elle intérieurement.

Et avant qu'il ait pu se mettre debout, elle lui barra le chemin sans crier gare.

— On ne bouge plus !

Harry se figea sur place, l'air étonné, et Ellen dut faire tous ses efforts pour ne pas craquer devant sa moue charmante de petit garçon surpris en train de faire une bêtise. Elle ne devait surtout pas oublier que derrière le séducteur se cachait un redoutable filou qui s'était bien moqué d'elle.

— Qu'est-ce qu'il y a, Félicité ? s'enquit-il d'une voix ahurie. Le voyage n'est pas terminé, peut-être ?

Le surnom rappela à la jeune femme leur rencontre de la matinée et la troubla plus que de raison.

— Oh, dites-moi que vous n'êtes pas Harry Masters! soupira-t-elle, sentant son courage l'abandonner.

— Ce n'est pas une maladie, vous savez, remarqua-t-il en riant.

— Comment avez-vous pu me mentir de cette façon?

— Mentir, moi? Mais je ne vous ai pas menti!

Comme elle allait protester avec vigueur, il précisa :

— Ou alors, ce fut un mensonge par omission. C'est vous qui m'avez pris pour le jardinier... et comme je trouvais ça délicieux, je n'ai pas voulu vous détromper... D'ailleurs, vous vous seriez sentie idiote!

— Et à l'instant même, qu'est-ce que j'éprouve, à votre avis?

Il eut son habituel sourire charmeur.

— Ça, ce n'est pas ma faute.

— Ellen, tu as pris le marié pour le jardinier? gloussa Mark qui n'en perdait pas une miette.

— Il m'a eue au charme, répliqua-t-elle, la voix aigre. Un charme que j'ai cru naturel et spontané.

— Mais je suis réellement charmant! protesta-t-il, sincèrement indigné. Tout ce qu'il y a de charmant!

— C'est ça! le nargua-t-elle, dégoûtée. Vous n'êtes qu'un vulgaire cabotin, une espèce de bluffeur pathologique!

Cette fois, Harry chancela légèrement sous le choc. Il n'y comprenait plus rien! Que lui chantait-elle là? N'était-ce pas elle et Sabrina qui avaient concocté ce piège nuptial? Lui n'avait fait que sauver sa peau!

— Vous êtes si différente de la charmante jeune femme que j'ai rencontrée tout à l'heure sur la pelouse, soupira-t-il en hochant la tête avec dépit. Elle était intelligente, adorable, sans prétention. Et si...

Il s'arrêta net et laissa sa phrase en suspens, car il venait de comprendre qu'Ellen Carroll lui rappelait de façon frappante les jolies filles de son village natal, Pikesville, dans l'Iowa. Des filles fraîches comme la rosée du matin et bonnes comme le bon pain...

— Peu importe. J'ai dû me tromper.

Quoique troublée par les lauriers qu'il venait de lui tresser, Ellen s'efforça de mimer la sévérité.

— Détrompez-vous! dit-elle sur le ton de la vanité blessée. C'est bien la véritable Ellen Carroll que vous avez rencontrée ce matin!

— Et c'est bien le véritable Houdini qui a croisé votre chemin! répliqua-t-il du tac au tac. Mes amis me surnomment ainsi, je vous le jure!

Comme ils se regardaient en chiens de faïence, il ajouta avec un soupir désolé:

— Je ne comprends pas... Comment un moment aussi merveilleux a-t-il pu si mal tourner?

— Un «moment aussi merveilleux»! hoqueta Ellen, choquée. Je vous rappelle que vous êtes censé épouser Sabrina!

Leurs regards restèrent accrochés l'un à l'autre une seconde de trop, et soudain Harry sut qu'il avait commis une lourde erreur. L'iris bleu d'Ellen, son parfum troublant, son délicieux petit minois, tout menaçait de lui faire perdre la tête...

Il devait à tout prix se ressaisir... et tant pis pour le courant électrique qui passait entre eux! Car Ellen ne cherchait qu'à remplir ses engagements et... à marier sa meilleure amie!

Dans un réflexe de protection, il se forçait à raisonner selon la logique implacable qui lui avait permis de gravir, un à un, les échelons du cabinet Wainwright.

— Que les choses soient claires, jeune femme! dit-il d'un ton qui se voulait ferme. Je n'épouserai pas Sabrina Thorne: ni aujourd'hui, ni demain, ni dans deux mille ans! Et maintenant que la situation est éclaircie...

Il se leva d'un bond et fit un pas en avant.

— ... écartez-vous de mon chemin!

Durant quelques secondes, ils se défièrent du regard... et soudain, Ellen crut que l'univers tout entier basculait autour d'elle. Harry l'avait enlacée sans crier gare, la serrait dans ses bras à lui faire perdre haleine... et ses lèvres avides, à la fois violentes et douces, se pressèrent sur sa bouche en un baiser violent qui la fit frissonner des pieds à la tête.

Harry fut le premier à se dégager.

— Sabrina survivra à ce revers, dit-il d'un ton décidé, en s'efforçant de calmer sa respiration tumultueuse. Elle a sa carrière, ses admirateurs... et une excellente conseillère : vous ! Vous êtes de ces personnes droites et loyales que j'aimerais avoir pour amies...

Le souffle court, Ellen se demandait comment il avait pu changer si brusquement de sujet. Le baiser de Harry vibrait encore sur ses lèvres... Que leur importait Sabrina, en cet instant ?

— Mais... mais nous serons amis, bégaya-t-elle, le regard perdu dans le vague. Nous allons tous être de merveilleux amis. Vous et moi, Sabrina et vous, Mark, nous tous... Nous nous verrons tous ensemble, juste après la lune de miel.

Harry partit d'un grand rire.

— La lune de miel ? Vous oubliez qu'il n'y a plus de mariage !

— Vous... vous... vous...

Ellen crut exploser.

— Comment ça, plus de mariage ? Et ma clientèle de choix ? Et tous ces invités que je devais appâter ? Qu'est-ce que je vais dire à Sabrina, moi, hein ?

Harry la fixa d'un air de doux reproche. Comment osait-elle se soucier du mariage en cet instant ? Qu'allait-il advenir d'*eux* ? De l'étincelle qui s'était allumée entre *eux* ? Après tout, elle aurait dû se réjouir de le savoir libre ! Leur baiser l'avait donc laissée froide ?

— Vous verrez bien, Ellen. La nuit porte conseil.

Sans attendre de réponse, il lui fourra le gâteau dans les bras et, devant sa détermination, elle n'eut pas d'autre solution que de le laisser passer.

Eperdue, elle lui emboîta le pas, tandis qu'il se dirigeait vers la camionnette.

— Soyez chic, Harry, réfléchissez... Sabrina ferait une épouse formidable.

Harry tressaillit. Quoi ? Elle insistait ? Bon, elle avait du cran. Et de la suite dans les idées. Mais eux, dans tout ça ?

Il pila net et se tourna vers elle.

— Savez-vous qu'en matière de mariage, je suis très vieux

jeu, Félicité? lâcha-t-il en sondant son regard bleu. Et ça vous paraîtra peut-être un peu ringard, mais je pense que c'est à l'homme de faire sa demande en bonne et due forme. Que Sabrina ait pu s'imaginer un instant que j'accepterai de l'épouser sans me demander mon avis me dépasse carrément!

Ellen leva les yeux au ciel.

— Allons, Harry! Ne me dites pas que vous n'étiez au courant de rien? Ça ne tient pas debout!

— C'est pourtant la vérité!

Ellen le fixa avec une sévérité qui cette fois n'était pas feinte.

— Comme c'est cruel de prétendre que vous ignoriez tout! Soyez assez adulte pour avouer que vous avez bien profité des charmes de Sabrina... mais que vous n'avez aucune envie de vous laisser passer la corde au cou!

La colère fit flamber le regard de Harry.

— Mes relations avec Mlle Thorne sont restées strictement professionnelles de A jusqu'à Z.

Ellen s'efforça de repousser le petit sentiment de triomphe qui s'infiltrait en elle.

— C'est ça, à d'autres...

— Sabrina est une jeune femme originale et pour le moins ravissante, reprit Harry avec détermination. Mais j'ai pour principe de ne jamais coucher avec mes clientes! Certains de mes collègues ne se gênent pas, et ça donne souvent des résultats catastrophiques!

Ellen le fixa d'un air soupçonneux.

— Aucun homme normalement constitué ne repousserait Sabrina Thorne, articula-t-elle lentement.

Il releva le menton dans un geste de défi.

— Eh bien moi, si! Si vous croyez que ça m'amuse les femmes qui minaudent, qui roucoulent et qui passent leur temps à aguicher les hommes!

Ellen continuait à l'observer avec incrédulité. N'avait-il pas prouvé le matin même, avec la balle de golf, qu'il savait mentir avec talent? Mais là, il poussait le bouchon un peu loin... Sans parler du scandale que ça risquait de provoquer... Comment réagirait Stuart Wainwright si une Sabrina Thorne furieuse et éperdue débarquait dans son bureau pour faire un esclandre?

— Ecoutez Harry, j'aimerais bien vous croire, soupira-t-elle en guise de conclusion. Mais rien à faire, je n'y arrive pas !

— Pourquoi ? A cause de ce matin ?

— Oui. Et parce que je connais Sabrina depuis des lustres. L'homme qui résistera à son charme n'est pas encore né !

Pas peu fier, Harry sourit largement.

— Eh bien, il faut un commencement à tout !

Elle rougit un peu sous son regard.

— En plus, vous êtes vous-même du genre séducteur, non ? Moi même... je ne vous ai parlé que quelques minutes et je me suis sentie... hum... irrésistible !

— Oh, désolé de vous avoir fait tant d'effet !

— Je suppose que vous, vous allez vous en tirer sans une égratignure !

Harry faillit protester vigoureusement. Sans une égratignure ? Comment pouvait-elle ne pas voir qu'elle le troublait infiniment plus qu'il n'était raisonnable ?

Il lui fallut toute sa volonté pour ne pas l'enlacer de nouveau et se diriger au contraire vers la Mercedes garée un peu plus loin. Terence Chapman l'attendait au volant.

— Mais Sabrina est bourrée de qualités ! s'obstinait à plaider Ellen sur ses talons. Elle s'habille à ravir, elle a un goût exquis pour les arrangements floraux...

— Et une certaine expérience en matière de mariage ! ajouta sèchement Mark qui avait suivi la scène de l'autre côté du trottoir.

Réalisant soudain que le jumeau d'Ellen les avait longuement mitraillés de son appareil photo, Harry détourna brusquement son chemin et arracha l'appareil des mains de Mark.

Ellen laissa échapper un cri perçant.

— Il était vraiment chargé cette fois-ci ?

— Quoi, ça vous surprend ? se moqua Harry.

D'un geste sec, il avait tiré la pellicule du boîtier, mais ne put la fourrer dans sa poche, trop pleine de balles de golf.

— Essayez le coup du chapeau ! suggéra Ellen, moqueuse.

Harry sursauta. Son chapeau ! Il avait dû le perdre dans la camionnette... Tant pis, il s'était déjà assez ridiculisé comme ça... Un peu irrité, il se glissa dans la Mercedes, balança sur le tableau de bord le rouleau de pellicule et fit signe à Chapman de démarrer.

Ellen, quant à elle, s'était hâtée de battre en retraite dans la boutique. Elle s'arrêta dans l'entrée, ne sachant que faire du gâteau, qu'elle finit par abandonner sur son bureau. Au même instant, Mark la rejoignit, tenant l'appareil photo d'une main, et, de l'autre, le chapeau cabossé de Harry, qu'il lui tendit.

— Un souvenir de lui! Tout ce dont j'avais besoin! soupira-t-elle avec une pointe d'amertume.

— Je l'ai trouvé dans la camionnette, derrière une pile de serviettes, expliqua Mark.

Après avoir accroché la pancarte « fermé » à la porte, il se laissa tomber sur le sofa, près de la fenêtre.

— Qu'est-ce qu'on fait, maintenant? s'enquit-il en examinant l'appareil sous tous les angles pour s'assurer qu'il n'était pas endommagé.

La déroute que venait de lui infliger Harry l'avait terriblement vexé. Comme sa sœur, il détestait s'avouer battu.

Ellen lança rageusement le chapeau à l'autre bout de la table.

— Il va falloir que je retourne à Malibu pour annoncer la mauvaise nouvelle à Sabrina..., soupira-t-elle en poussant un soupir à fendre l'âme.

— Tu veux que je vienne avec toi, pour t'aider à la maîtriser en cas de crise de nerfs?

— Toi, tu ne perds pas le nord...

— Mets-toi à sa place: la pauvre va être bouleversée, et pourrait devenir agressive. Tu as besoin d'un homme pour te prêter main-forte.

D'un homme peut-être... mais certainement pas de Mark..., songea tristement Ellen dans son for intérieur, en sachant très bien que son frère jumeau serait le bouc émissaire idéal sur lequel Sabrina n'hésiterait pas à passer ses nerfs.

— Non, non, ce n'est pas la peine... Prends ton après-midi comme prévu.

— Tu es sûre?

— Mais oui!

Etouffant un deuxième soupir, elle contempla son reflet

dans la psyché, rectifia son maquillage, lissa ses cheveux et tenta de rajuster le désordre de sa tenue. Fripée dehors, chiffonnée dedans, elle se sentait aussi exténuée que si elle avait été ballottée à l'arrière de la camionnette à la place de Harry. Si seulement, dans son désir de bien faire, elle n'avait pas engagé la conversation avec ce prétendu jardinier, le cours de l'histoire aurait pu en être changé.

La voix de Mark interrompit sa rêverie.

— Comment vas-tu t'y prendre, pour le lui annoncer ?

Comme il semblait soucieux, elle tenta de le rassurer d'un sourire.

— Je vais attendre qu'elle se rende compte par elle-même qu'il ne viendra pas. Et j'essaierai de la convaincre qu'une réception réussie est une couverture parfaite pour un mariage raté...

— Hum... bonne chance !

— Elle va être hors d'elle, je sais ! Surtout si elle découvre que c'est moi qui l'ai aidé à s'échapper !

— Ça, c'est un secret que tu ferais mieux d'emporter dans ta tombe.

— Je ne sais pas... Sabrina et moi avons toujours été loyales l'une envers l'autre !

— Et si Harry n'était réellement pas au courant du mariage ? Si Sabrina lui avait vraiment tendu un traquenard ?

Ellen ne voulait pas même envisager cette éventualité. Cela impliquait que Sabrina l'aurait utilisée sans vergogne, et qu'elle avait été injustement cruelle envers un homme.

— Accroche-toi à l'idée que tu n'y es pour rien, tenta de la consoler Mark. Si ce Harry ne voulait pas l'épouser, c'est que tout ne devait pas être très rose entre eux, tu ne crois pas ?

— Je lui avouerai la vérité... un jour. Quand elle aura oublié tout ça.

Mark ne put retenir un petit rire.

— A ta place, j'attendrais une bonne dizaine d'années... quand elle en sera à son septième... ou huitième mariage ! En attendant, puisque je ne peux rien faire pour toi, je pars pour la plage...

— Attends !

Déjà en route, Mark s'arrêta net.

— Pourrais-tu me prêter ta jeep? Je peux difficilement retourner à Malibu avec la camionnette, ce serait du dernier mauvais goût, n'est-ce pas?

Mark laissa échapper un petit soupir impatient.

— Je suppose que je n'ai pas le choix.

— Prends la camionnette, et fais de la pub à la société!

— Après le petit ballet que je t'ai vue effectuer avec Houdini, je crois que je préfère y aller à pied...

— Qu'est-ce que ça veut dire, ça? s'enquit Ellen, feignant l'ignorance.

— Que si Sabrina et lui avaient dansé ce style de tango, Houdini ne se serait pas escamoté comme il l'a fait.

— Un tango? Nous n'avons fait que nous chamailler!

— C'est bien ce que je dis! Je ne comprends décidément plus rien... Mais je crois que je vais m'en tenir à ma bonne vieille planche de surf, pour le moment...

— L'océan est plus prévisible, c'est ça?

— Il y a de ça, petite sœur, acquiesça-t-il avec un mystérieux sourire avant de disparaître.

— Ce cognac est vraiment bas de gamme! se lamenta Sabrina, un peu plus tard ce même samedi, dans l'ambiance chaleureuse et décontractée de l'appartement d'Ellen.

Le salon où les deux femmes s'étaient installées était l'antithèse de l'élégante boutique victorienne située au rez-de-chaussée. C'était Joyce, la tante d'Ellen, qui l'avait aménagé. Célibataire, indépendante et originale, Joyce avait toujours été un modèle pour sa nièce, et c'était par fidélité envers sa mémoire que la jeune femme avait choisi de ne rien changer au mobilier dépareillé, au réfrigérateur qui faisait un bruit de réacteur, au papier peint ringard... et au bar en merisier qui regorgeait d'alcools bon marché.

La fiancée délaissée s'était lovée sur le vieux canapé comme une chatte meurtrie, tandis qu'Ellen s'était installée dans le fauteuil juste en face.

— Tu sais bien qu'on déguste rarement de grands crus chez

moi, Sab..., remarqua-t-elle avec un petit sourire tendre. Joyce utilisait ce cognac bas de gamme pour la cuisine.

— Eh bien, buvons à sa santé !

Rejetant en arrière ses somptueux cheveux de jais, l'actrice but d'un trait le liquide ambré.

— Comme ça, ça passe mieux, haleta-t-elle quand elle eut terminé.

Elle tendit son verre à son amie, dont la silhouette commençait à vaciller sous ses yeux.

— Un autre, S.V.P. !

Les deux femmes trinquèrent joyeusement.

— Tu te rappelles comme Joyce était toujours en forme, à Noël ? lança Ellen pour tenter de dérider son amie. A organiser des jeux, à nous raconter des ragots sur ses clients, à nous jouer des chants de Noël au piano ?

— Elle était géniale ! l'approuva Sabrina. Et elle vivait si bien son célibat !

— Trinquons aux célibataires, dans ce cas !

Elle-même un peu pompette, Ellen brandit la bouteille presque vide et but une lampée de cognac au goulot. L'alcool lui brûla les tripes, comme un avant-goût des flammes éternelles de l'enfer. Mais elle ne méritait pas mieux, décida-t-elle. N'avait-elle pas détourné du droit chemin le prétendant de sa meilleure amie ? Elle n'était peut-être pas directement responsable... mais pour le moins complice ! Ce que ne manquerait pas de souligner Sabrina, si elle apprenait la vérité.

— N'empêche que certaines femmes sont faites pour le mariage, reprit la belle délaissée. Et je crois que c'est mon cas !

— Mark aussi est fait pour le mariage, remarqua Ellen, enchantée de la perche qu'on lui tendait. Il lui faudrait une fille sympa et débrouillarde, assez futée pour le laisser filer doux mais assez fascinante pour le retenir !

Sabrina opina vigoureusement du chef.

— Tout juste ce qu'il me faudrait à moi aussi ! En version masculine, je veux dire...

— Oh, Sab... !

Ellen fixa son amie et remarqua soudain que Sabrina la regardait avec insistance.

— Quoi, qu'est-ce qu'il y a?

— Ta joue tressaille, Ellen. Comme la fois où tu as cassé le soliflore de ta mère, et où nous avions essayé de recoller les morceaux...

Ellen passa machinalement le revers de sa main sur sa joue, sans effacer le tic.

— Que veux-tu, ça arrive, les accidents — vases ou mariages... Et tout va parfois de travers, même quand on a les meilleures intentions du monde. J'ai peur que tu ne veuilles pas tirer un trait sur ce Harry...

— Mais il était tellement craquant! reprit Sabrina d'une voix plaintive.

— N'empêche que tu aurais dû lui demander son avis!

— Mais je ne me sens pas prête à tourner la page! Que s'est-il passé, à ton avis? Boris dit l'avoir vu jouer au golf dans la propriété. Et puis, soudain, pfuit! Plus personne... évaporé!

Passé le premier choc, passé les larmes et la crise de nerfs, Sabrina avait maintenant besoin de mettre les choses en perspective. Et de trouver la faille dans son plan mirobolant. Aussi Ellen n'avait-elle pas eu le cœur de refuser à l'actrice cette soirée en tête à tête — malgré son épuisement. Sabrina n'était pas en état de rester seule.

— Ecoute, dit-elle d'un ton résolu en prenant la main de son amie, que ferait ton alter ego, la flamboyante Ava de *Cœurs troublés*? Elle irait de l'avant, sans même verser une larme...

Lentement Sabrina leva vers Ellen ses grands yeux de biche, dans lesquels brillait maintenant une lueur presque haineuse.

— Ça, ça m'étonnerait! Elle engagerait plutôt un mercenaire pour traquer les responsables et les anéantir!

Ellen réprima un sourire nerveux.

— Euh... je crois que Joyce a aussi laissé de l'eau de vie... Je vais peut-être aller...

Mais Sabrina s'accrochait à elle.

— Non! Je t'en prie, reste avec moi... Console-moi comme tu sais si bien le faire quand rien ne va plus!

Ellen enlaça tendrement son amie.

— D'accord... mais seulement si tu me promets de voir les choses du bon côté!

— Facile à dire !

— Voyons, Sab, la réception était divine, pour commencer ! Tout le monde a adoré la villa, le buffet de Claude, l'orchestre...

Sabrina daigna sourire.

— Je dois admettre que tu as fait du bon boulot. Personne n'aurait pu soupçonner qu'un mariage était prévu.

— Et personne n'en saura jamais rien ! J'ai tout vérifié. On peut compter sur Pauline et Morty, je les connais personnellement. Le prêtre a été plus que compréhensif, d'autant que je lui ai promis une donation pour son église. Ne reste donc que Claude.

Sabrina blêmit.

— J'ai oublié de lui faire signer le contrat !

— Ne t'en fais pas... Il n'a aucune preuve ! essaya de la raisonner Ellen. Et comme il manquait l'étage supérieur de la pièce montée, il n'a même pas pu voir votre portrait...

Sabrina releva la tête, inspira profondément et scruta le visage de son amie.

— Tu as raison... Mais comment sais-tu qu'il manquait l'étage supérieur ?

— Je l'ai retrouvé dans ton garage, mentit Ellen. Sachant que personne ne devait tomber dessus, je l'ai rapporté à la maison. En veux-tu un morceau, d'ailleurs ? Il est un peu abîmé mais...

— Non merci ! Je voulais juste m'en débarrasser.

Sabrina renifla bruyamment puis tamponna son ravissant petit nez avec un mouchoir.

— Tu as peut-être raison, il faut absolument que j'oublie Harry. Dès demain j'appelle Stuart Wainwright pour qu'il lui retire la gestion de mes affaires.

Ce fut au tour d'Ellen de pâlir un peu.

— Tu... tu crois qu'il va se faire licencier ?

— Je n'en sais rien... et je m'en moque ! Les hommes sont tous des ordures, de toute façon ! Je ne veux plus entendre parler d'eux !

— Moi excepté, j'espère !

Les deux femmes sursautèrent. Mark venait de s'immiscer

sans faire de bruit dans l'appartement. Debout sur le seuil du salon, il tendit vers elles la cannette de bière qu'il avait à la main, comme pour porter un toast.

— Si le cognac n'est pas assez bon pour vous, vous n'avez qu'à essayer la bière! suggéra-t-il en riant.

Ellen sauta sur ses pieds, furieuse qu'il ait une fois de plus écouté aux portes.

— Qu'est-ce que tu fais ici, Mark?

— Tu n'apprendras donc jamais à t'occuper de tes propres affaires? ajouta Sabrina d'un ton furieux.

— Et toi, tu ne comprendras donc jamais que les stars ne peuvent pas se passer tous leurs caprices!

Sabrina se redressa, royale.

— Figure-toi que j'adore être une star, Mark!

Les sourcils blond doré de Mark se froncèrent lentement.

— Mais la réalité, Sab? Tu y penses, parfois?

Un sourire de vanité aux lèvres, elle brandit sous le nez de Mark un superbe bracelet en émeraudes qu'elle portait au poignet droit.

— Qu'en dis-tu? Joli, hein? La production me l'a offert hier parce que mon taux d'écoute a encore grimpé...

— Autrefois, tu appréciais les cadeaux plus modestes que je t'offrais...

Une ombre passa sur le visage de Sabrina.

— Ça, c'était dans une vie antérieure, Mark...

Une vie antérieure qu'il regrettait diantrement! songea le jeune homme pour sa part. Parce qu'elle avait souffert de la domination d'une mère dure et tyrannique, Sabrina s'était créé une carapace que seule l'amitié des Carroll avait su en partie briser. Mais rejeter en bloc le passé ne l'avancerait à rien...

— Sous tes grands airs, tu es restée la petite brindille que je jetais dans la piscine, soupira-t-il.

— Certainement pas! protesta l'actrice avec vigueur. Je suis devenue une femme... et une star! Tous les jours, on me harcèle dans la rue pour des autographes. Tu te rends compte de ce que ça veut dire?

Il haussa ses larges épaules.

— Pas du tout et j'en suis fort aise! Moi, mes amis m'aiment pour moi!

— Arrêtez! craqua soudain Ellen en se fâchant tout rouge. J'en ai par-dessus la tête de vos chamailleries perpétuelles!

Mais Mark, imperturbable, se contenta de se pencher vers Sabrina pour ébouriffer de la main ses cheveux aux éclats de jais.

— Blague à part, marmonna-t-il, je suis vraiment désolé pour aujourd'hui. Car il y a pire, pour un type, que de t'épouser...

— Merci, Mark, murmura Sabrina en se levant lentement. Je... je crois qu'il est temps de partir. Demain, c'est dimanche, il faut que je remette mes affaires et la maison en ordre.

— Imagine que tu as seulement reçu des invités, l'encouragea Ellen. Et que la réception était particulièrement réussie...

— N'oublie pas non plus de préciser que ton compte chez Félicité Plus est débiteur, s'empressa de préciser Mark avec un petit sourire narquois.

Sabrina haussa les épaules.

— Ne t'inquiète pas, j'y penserai...

Les jumeaux échangèrent un regard soulagé. Pour la vedette, cette facture était une goutte d'eau dans l'océan, mais l'avenir de Félicité Plus en dépendait.

— Je te raccompagne, proposa Ellen.

— Non, je trouverai un taxi.

Sabrina ramassa son sac à main et boutonna sa veste de soie Armani.

— Remarque, cette tenue est un peu voyante pour le quartier... Tu ne pourrais pas me prêter ton imperméable noir? Ce soir, j'ai envie de circuler incognito.

— Personne ne te verra sauter dans un taxi au beau milieu de la nuit, tu sais..., la nargua Mark

Ellen tança son frère du regard. Comment pouvait-il passer ainsi de la tendresse à la méchanceté? Et puis un soir comme celui-là, Sabrina avait bien droit à des égards, non?

— Sois gentil, Mark, s'il te plaît.

Haussant les épaules, Mark fixa d'un air goguenard l'actrice qui, juchée sur de vertigineux talons aiguilles, se dandinait vers le placard de l'entrée pour prendre l'imperméable d'Ellen.

Cette dernière réalisa soudain que Sabrina risquait de...

Mais trop tard ! Les yeux ronds, le visage outré, l'actrice s'était tournée vers son amie, le chapeau cabossé de Harry à la main.

— C'est... Tu es...

Rouge comme une tomate, la star du petit écran était au bord de l'explosion. Bouleversée, Ellen courut vers elle.

— Je peux tout expliquer ! Si tu consens à m'écouter.

— Un épisode digne de *Cœurs troublés* ! ironisa Mark.

Les yeux de Sabrina s'étaient étrécis jusqu'à n'être plus que deux fentes.

— Ainsi, Boris avait deviné juste ! C'est bien dans la camionnette de Félicité Plus que Harry s'est échappé... Et moi qui n'ai pas voulu le croire ! Comment as-tu pu me faire un coup pareil ?

— Mais j'ignorais qu'il était caché à l'arrière ! plaida son amie.

— Comme c'est crédible ! ricana Sabrina avec amertume. C'est juste que tu as ressenti le besoin de faire un saut à Westwood Village, Harry l'a appris par hasard et a profité de la balade.

Ellen se mordit la lèvre.

— Ça ne s'est pas passé comme ça...

— Alors ? J'exige des explications !

— Je crois que c'est avec Harry que tu devrais en discuter, Sab.

— Parce que toi tu n'oses pas, hein ? C'est parce que tu étais jalouse, peut-être, que tu l'as assommé et traîné à l'arrière de la camionnette ?

Que son amie puisse la soupçonner de préméditation fit sortir Ellen de ses gonds.

— Comme si c'était le problème ! riposta-t-elle avec vigueur. Tu es bien placée pour me prêter des intentions manipulatrices ! Toi qui voulais l'épouser sans lui demander son avis !

— Je... Je...

Mais c'en était trop pour l'actrice, qui éclata en sanglots.

— C... c'était donc vrai ! balbutia Ellen en fixant son amie d'un air incrédule.

— Je... je suis sûre qu'il aurait accepté si on m'avait laissé l'occasion de mener mon plan à terme! C'est toi qui l'en as empêché!

L'actrice pointa un index accusateur en direction de son amie.

— Car c'est bien ce qui s'est passé, n'est-ce pas? J'imagine que tu as croisé Harry en arrivant. Voilà pourquoi tu avais l'air tout chose en débarquant dans la cuisine! Pour tout t'avouer, j'ai tout de suite trouvé ton excuse assez louche : mon jardinier n'a jamais fait cet effet sur une femme!

— Et si nous demandions à Harry de donner sa version des faits? suggéra Mark d'une voix calme. Ça pourrait disculper Ellen...

Un éclair de panique passa dans le regard de Sabrina.

— Disculper Ellen? Et moi, dans tout ça? Mon avenir, mon bonheur, mon mariage! Tout ce qui vous intéresse, c'est que votre facture soit payée!

Elle leur lança le chapeau au visage, avant de reprendre d'une voix stridente :

— Puisque c'est comme ça, vous n'aurez pas un centime! J'en ai fini avec vous!

Et sur cette dernière remarque, elle sortit en trombe pour dévaler l'escalier à toute vitesse.

Mark tourna vers sa sœur un regard effondré.

— La boîte va couler! Et nous avec!

— Attends d'abord que Sabrina recouvre son calme, répondit Ellen, se voulant rassurante. N'oublie pas qu'elle a vécu une journée cauchemardesque...

— Ça, c'est le moins qu'on puisse dire!

— Mais je te parie que, d'ici lundi, nous aurons de ses nouvelles.

Mark hocha tristement la tête.

— Comme tu la connais mal! Elle a tellement changé, ces dernières années...

— Mais nous sommes ses seuls vrais amis! Elle ne peut pas nous abandonner comme ça!

Mark prit entre ses mains le visage délicat de sa sœur.

— C'est justement parce qu'elle n'hésiterait pas à le faire, que nous sommes ses seuls amis. En plus, elle a de bonnes raisons de croire que nous l'avons trahie...

— Elle est piquée au vif... Mais si elle y réfléchit, elle comprendra !

— Je te trouve bien optimiste... Survivre dans la jungle hollywoodienne vous trempe le caractère, tu sais ! Et vous rend méfiant. Sans compter qu'il y a le passif maternel...

— Tu crois qu'elle refusera de nous accorder le bénéfice du doute ?

— J'en suis sûr ! Je ne vois qu'un point positif à ce désastre...

— Lequel ? demanda Ellen, perplexe.

— Ma sœur jumelle préférée va vivre une amourette...

Et comme Ellen rougissait jusqu'aux oreilles, il ajouta avec un clin d'œil :

— Car s'il y a un couple dans cette histoire... c'est bien Harry et toi !

5.

Quelle ne fut pas la surprise de Harry Masters quand le lendemain, au beau milieu de son brunch pris au Country Club, retentit la sonnerie de son beeper. Ce brunch du dimanche était l'unique moment de détente hebdomadaire qu'il s'accordait, et il en avait tant besoin qu'il laissait généralement son téléphone portable dans la Porsche, le beeper qu'il arborait à sa ceinture n'étant réservé qu'aux urgences absolues : S.O.S. de sa famille en Iowa, convocation impérative de Stuart Wainwright, ou message hyperimportant de Wall Street.

— Nouveau client..., soupira Harry à l'adresse des trois amis qui partageaient sa table.

Ses camarades l'excusèrent d'un signe de tête et, aussitôt, Harry partit téléphoner.

Il composa le numéro de son bureau et son appel fut aussitôt transféré à la personne qui l'avait contacté.

— Harry Masters, annonça-t-il dès que l'interlocuteur eut décroché.

— Salut, Houdini !

Harry laissa échapper une exclamation.

— Félicité ! Comment avez-vous réussi à me joindre ?

— Oh, l'audace et la ténacité finissent toujours par payer ! répondit Ellen d'une voix chaude où perçait une note de triomphe. Je leur ai dit que j'étais Cindy Crawford... et il faut croire que j'ai été convaincante !

— Je vois... Une petite vengeance pour m'être fait passer pour Stuart Wainwright !

61

— Un prêté pour un rendu... c'est de bonne guerre, non ? Je me suis bien amusée, en tout cas. Et ça a marché !

— Ça aurait pu être pire ! soupira Harry en riant. Vous auriez pu me donner rendez-vous à San Francisco... ou ailleurs !

— Oh, l'idée de vous expédier à Alcatraz m'a bien effleuré l'esprit, mais c'eût été vraiment trop compliqué ! Non, je voulais juste vous embêter un peu... C'est réussi, j'espère ?

— Quoi donc ?

— Vous embêter... J'y suis parvenue ?

Il haussa les épaules.

— Pas vraiment... Je viens juste d'achever un parcours de dix-huit trous, et je brunche avec des amis.

Elle étouffa un soupir, un peu déçue.

— Bon, j'essaierai de faire mieux les prochaines fois... Il y en aura bien une cinquantaine avant que nous soyons quittes !

— Une cinquantaine ? s'offusqua Harry, avant d'ajouter avec une moue gourmande : mais s'il faut en passer par là...

— Alors, vous n'êtes pas un peu embêté quand même ?

— Si, un peu...

— Ah, vous vous ravisez...

Un sourire espiègle illumina le visage de Harry.

— Réfléchissez-y... et rappelez-moi demain !

— Vous me donnez votre feu vert, alors ?

— Quoi, ça risque de gâcher votre vengeance ?

— Oh, je ne vous laisserai pas faire ! Mais en fait... j'appelle aussi pour m'excuser.

— Vous excuser ? On aura tout entendu !

— C'est que j'ai interrogé Sabrina. Et je l'ai démasquée. Apparemment, vous disiez vrai en prétendant avoir été dupé...

— Je n'aime pas la façon dont vous le racontez, mais je vous crois sincère.

— Sincère sans enthousiasme ! se hâta-t-elle de préciser. Car je reste persuadée que vous êtes partiellement responsable. Et qu'elle avait de bonnes raisons de croire que vous alliez franchir le pas.

— Alors pourquoi ne m'en a-t-elle pas parlé ?

— Ça, c'est ce que je n'ai pas encore élucidé, admit Ellen à contrecœur. Ses précédents mariages se sont déroulés dans les règles de l'art. Peut-être a-t-elle succombé à un excès de romantisme? En espérant éblouir un jour ses petits-enfants?

— Oh mon Dieu, ne parlez pas de choses horribles! L'idée même de Sabrina pour toujours me terrorise.

— C'est le *pour toujours* qui vous effraie, j'imagine.

— Vous avez tendance à tirer des conclusions hâtives, n'est-ce pas?

— Non... c'est juste que j'ai l'impression de vous comprendre de l'intérieur. Parce que nous avons la même tournure d'esprit, les mêmes envies, le même mode de fonctionnement... J'aime l'idée de me consacrer corps et âme à ma carrière, j'aime songer qu'un jour, je décrocherai le gros lot. Et sur ce point nous nous ressemblons, n'est-ce pas?

Harry sentit l'émotion le submerger. Avait-il trouvé en Félicité son alter ego féminin? Une chose était sûre en tout cas: rien que d'entendre sa voix lui faisait monter de drôles de petits frissons le long de la colonne vertébrale.

— J'admets que l'idée de harponner un gros client a tendance à faire monter mon taux d'adrénaline.

— Ah, vous voyez! Mais notre récent fiasco commun nous incitera peut-être à plus de prudence.

— Sans doute...

Ce ne fut pourtant pas la prudence qui poussa Harry à enchaîner:

— Dites-moi... je me demandais si nous ne pourrions pas nous retrouver pour boire un verre, ce soir. Histoire de discuter plus tranquillement.

Il y eut un court silence à l'autre bout du fil.

— Vous... vous êtes sérieux?

Un peu vexé que sa proposition ne soit pas accueillie avec plus d'enthousiasme, il lâcha d'un ton bougon:

— Pourquoi pas? Ne sommes-nous pas célibataires, majeurs et vaccinés? Et Boris m'a rapporté ma Porsche... Je pourrais passer vous prendre!

Ellen hésitait encore.

— C'est... c'est-à-dire que je suis un peu gênée vis-à-vis de Sabrina. J'aurais l'impression de la trahir en utilisant son amant pour mon plaisir personnel.

— Mais je n'ai jamais été son amant !

Le silence qui s'ensuivit était clairement moqueur.

— Oui, bien sûr...

— Mais je vous assure que c'est vrai ! Je suis l'homme le plus disponible de la terre et je n'ai aucun compte à rendre à Sabrina !

— Ce n'est pas si simple, Harry. Sabrina est tombée par hasard sur votre chapeau dans mon placard et elle a compris que c'est moi qui vous avais aidé à quitter la propriété.

— Ah, mon chapeau est chez vous ? Tant mieux... c'est mon porte-bonheur au golf.

— Ne détournez pas la conversation. A cause de vous, Sabrina m'en veut à mort. Elle est persuadée que c'est moi qui aie fait échouer son mariage...

— Ce qui est tout à fait injuste, j'en conviens.

— N'est-ce pas ?

— Bien sûr ! Les responsabilités sont partagées... entre vous et Sabrina !

— Quoi ? Vous ne croyez pas que vous oubliez quelqu'un, au passage.

— Ne me dites pas que vous m'en voulez toujours...

Hochant la tête d'un air incrédule, Harry cala le combiné contre son épaule.

— Vous vous laissez trop guider par vos émotions, reprit-il. Et dominer par Sabrina ! Vous semblez consciencieuse, Ellen, mais vous manquez d'objectivité et de clairvoyance, surtout pour un expert-conseil ! Vous auriez dû flairer dès le départ qu'il y avait anguille sous roche !

— Vous croyez vraiment ?

— J'en suis convaincu !

— Eh bien moi, je pense que Sabrina est du genre à choisir ce qui se fait de mieux en matière d'expert-conseil nuptial ! Et tout le monde peut se tromper, non ?

— Pas quand on est au top !

— Quelle arrogance ! Mais vous oubliez une chose, mon cher...

— Quoi donc ?

— C'est à Cindy Crawford que vous parlez... Donc pas à n'importe qui !

A cet instant, Harry surprit le regard goguenard d'un vieux monsieur qui téléphonait dans la cabine à côté de la sienne.

— Si elle cuisine bien, vous devriez l'épouser, mon garçon ! lança l'homme avec un clin d'œil complice.

L'épouser ? Harry demeura songeur. La vie pouvait donc être aussi simple, aussi limpide, parfois ? Et ce fut d'un ton tout aussi rêveur qu'il prit congé de son interlocutrice.

Non sans se demander si elle cuisinait bien...

En pénétrant dans la boutique, le lundi un peu avant midi, Ellen se sentit complètement déboussolée.

Depuis 7 heures du matin, elle escortait Jaclyn Baxter, mère d'une future jeune mariée, de rendez-vous en rendez-vous. Mais si elle se sentait bizarre, ce n'était certainement pas la faute de cette dernière : Jaclyn avait été son professeur d'anglais à l'université, et les deux femmes étaient restées amies.

Non, c'était à cause de ce fichu Harry Masters ! Cette leçon qu'il s'était permis de lui administrer ! Non, mais pour qui se prenait-il, celui-là ? N'empêche qu'il avait vu juste. Et qu'elle aurait dû flairer dès le départ qu'il y avait un os...

En entendant résonner le carillon de la porte d'entrée, Mark ne leva pas le nez de son travail. Assis au bureau, il manipulait d'un air concentré une calculatrice qui crachait des mètres de papier blanc.

— Tiens, tu es là, remarqua-t-il distraitement en voyant approcher sa sœur.

— Eh oui...

Ce fut avec un long soupir qu'Ellen posa son sac par terre pour attraper la pile d'enveloppes posées sur le coin du bureau. Au passage, elle remarqua que Mark s'escrimait sur la facture de Sabrina.

— Je l'ai appelée ce matin, tu sais, le prévint-elle tout en commençant à éplucher le courrier.

Cette fois, Mark daigna lever la tête.

— Tu lui as parlé ?

— Non, je suis tombée sur son répondeur...

Mark étouffa un grognement.

— ... mais j'ai laissé un message disant que les hostilités devaient cesser. Et que nous étions toujours amies !

— Eh bien, pour une leçon, c'est une leçon ! se moqua Mark. Après un savon de cet acabit, la pauvre va raser les murs !

Ellen le fixa avec sévérité.

— J'ai au moins le mérite d'avoir essayé de renouer le dialogue ! Tu sais parfaitement bien que cela ne rime à rien d'aller à Malibu ou au studio de tournage, puisque la sécurité ne nous laissera pas passer.

Mark soupira lourdement.

— Tu as raison... A dire vrai, je l'ai appelée moi aussi il y a un quart d'heure. Au studio et chez elle.

— Alors ?

— Je n'ai pas mâché mes mots au sujet de la facture : « Passe à la caisse, ma vieille, sinon tu verras ce qui t'attend ! »

Ce fut au tour d'Ellen de se moquer.

— Oh, avec une telle menace, elle a sûrement déjà posté le chèque !

Haussant les épaules, Mark retourna à ses calculs tandis qu'Ellen se dirigeait vers le bar pour préparer du café.

— Tu ne veux pas t'asseoir ? lui suggéra son frère quelques minutes plus tard, comme elle lui tendait une tasse.

— Non, je suis trop nerveuse pour rester immobile.

Elle goûta son café avant de poser sur son frère un regard dans lequel se lisait un soupçon d'appréhension.

— Comment se présentent nos finances ?

Un sourire ironique flotta sur les lèvres de Mark.

— Oh, on pourra toujours sortir le percolateur et le service en porcelaine de Chine sur le trottoir pour essayer de les vendre, ça fera un appoint...

Ellen se glissa derrière lui et parcourut le document par-dessus son épaule.

— Quoi, tant que ça ? murmura-t-elle, suffoquée. J'avais oublié, par exemple, que le gâteau de Pauline coûtait le double du prix normal...

— Oui, je crois que Sabrina n'est pas vraiment consciente du prix des choses.

Ellen coula un bref regard sur la somme à six chiffres que Mark venait de faire apparaître sur la calculatrice et lâcha une exclamation.

— Fichtre, les riches savent s'amuser !

— Heureusement qu'elle en a payé une partie d'avance.

— N'empêche que le reliquat reste assez important pour nous conduire droit à la faillite..., soupira Ellen, écœurée.

Calé au fond du fauteuil, Mark observa sa sœur faire les cent pas dans l'élégant petit salon.

— Qu'est-ce qu'on fait maintenant ? Tu as une idée ? Une stratégie commerciale ?

Elle pirouetta vers lui.

— Etant donné les circonstances... je pense qu'une petite visite à Harry Masters s'impose !

— Harry Masters ? Mais il n'a rien à voir avec cette histoire...

— Peu importe !

— Je ne te suis pas...

— C'est le conseiller financier que nous allons voir, pas l'ex-« fiancé » de Sabrina.

Mark la fixa avec inquiétude.

— Tu es sûr que c'est une bonne idée ? Après tout ce qui s'est passé, je me demande s'il est bien disposé à notre égard ?

Un sourire faussement angélique aux lèvres, Ellen murmura :

— Ce n'est pas ma faute si Sab a jeté son dévolu sur l'homme qui gère ses comptes bancaires...

Mark prit le volant de la jeep tandis qu'Ellen s'était installée sur la banquette arrière, le gâteau de mariage sur les genoux.

— Des regrets d'en avoir mangé une si grosse part ? lui lança-t-elle en riant, comme il l'observait dans le rétroviseur.

— Oh non ! Je regrette plutôt de ne pas avoir tout avalé !

— Un conseiller financier a besoin de solides garanties, expliqua-t-elle avec sérieux. Oh, on arrive, voici Saint Vincent ! Tourne...

Au feu vert, Mark s'engagea sur le boulevard.

— Harry ne sera pas dupe, Ellen. C'est du chantage à peine déguisé : réglez la facture, sinon on divulgue le gâteau... orné d'une jolie photo !

— Tu veux l'argent, oui ou non ? Et sauver la société, conserver ton appartement ?

— Oui, bien sûr ! Mais de là à se servir de Harry... Je me sens un lien de solidarité avec lui !

— On ne lui demande que de faire son travail. Il doit avoir l'habitude de régler les dettes de Sabrina, non ?

Mark laissa fuser une exclamation.

— Eh bien ! L'immeuble est impressionnant, en tout cas ! Et il a son propre parking !

Il ralentit devant l'étonnante bâtisse, toute de verre fumé, qui abritait le siège du cabinet Wainwright, puis emprunta la rampe d'accès au parking, et trouva une place entre une limousine à six portes et une Rolls Royce rutilante.

— Tout le gratin s'est donné rendez-vous..., soupira Ellen avec un rien d'appréhension.

Mark coupa le moteur.

— Moi, en tout cas, je reste ici ! décréta-t-il.

Ellen le fixa d'un œil sévère.

— Mark... nous sommes associés, oui ou non ?

Après une longue minute de silence, Mark observa rapidement son reflet dans le rétroviseur et finit par maugréer :

— J'espère que tu as un peigne, au moins ? Histoire d'être présentable...

Baigné de lumière, le hall d'entrée avait été doté d'un mobilier élégant et cossu, qui arracha à Mark et Ellen des commentaires d'amateurs avisés. Ici, tout respirait le luxe discret et la dignité. De toute évidence, Stuart Wainwright n'était pas du genre à filer pour Tahiti avec la caisse, ni à être ruiné du jour au lendemain sur un retournement de situation.

— Que puis-je faire pour vous ? s'enquit une femme d'âge mûr tirée à quatre épingles, qui trônait derrière la réception.

— Euh... bonjour, madame Markum, dit Ellen en lisant son nom sur une plaque. C'est à propos du portefeuille Sabrina Thorne.

La réceptionniste eut un froncement de sourcils imperceptiblement désapprobateur.

— Vraiment ?

— Oui, c'est nous qui avons organisé sa réception, avant-hier...

— Ah... il paraît que c'était très réussi.

Profitant de l'embellie, Ellen tendit à la réceptionniste une carte de visite sur laquelle elle avait rédigé quelques lignes.

— Si vous voulez bien donner ceci à son conseiller... je pense qu'il nous recevra.

Cleo lâcha un petit rire poli.

— Sans rendez-vous ? J'en doute...

Elle s'interrompit pour tapoter dignement son chignon poivre et sel.

— C'est que nous sommes pointilleux sur l'aspect confidentiel de notre travail, vous savez...

— Mais nous aussi ! se hâta de renchérir Ellen.

Mark adressa à la réceptionniste le plus charmeur de ses sourires.

— S'il ne veut pas nous recevoir, eh bien, nous ne vous importunerons pas plus longtemps..., dit-il sobrement pour la mettre en confiance.

Conquise, Cleo prit la carte et disparut dans un couloir.

— J'aurais préféré que tu ne fasses pas ce genre de promesse, gronda Ellen quand ils furent seuls.

— C'était le seul moyen ! Ou elle allait nous jeter dehors... Qu'est-ce que tu as écrit sur cette carte, au fait ?

Une étincelle s'alluma dans le regard d'Ellen.

— Peu importe...

Au même instant, Cleo réapparut.

— Le conseiller de Mlle Thorne accepte de vous recevoir... mais seule, annonça-t-elle en décochant à Mark un regard vaguement condescendant.

Ravi, au fond, le frère d'Ellen se laissa tomber dans un fauteuil.

— Son temps est compté, soyez brève et concise, ajouta Cleo à l'adresse d'Ellen, avec un sourire d'encouragement.

La jeune femme se contenta d'acquiescer, avant de lâcher entre ses dents :

— C'est ça... Nous allons voir ce que nous allons voir !

***

Harry marchait à grands pas dans le dédale des couloirs du cabinet Wainwright... quand il entra en collision avec la femme qui hantait ses pensées, Ellen Félicité Plus en personne !

Cleo avait eu le temps de l'éviter, mais Ellen se trouva projetée dans les bras du conseiller financier... dont elle n'était séparée que par ce maudit carton.

Ils demeurèrent un instant immobiles, à se fixer... puis un lent sourire éclaira le visage de Harry.

— Et dire que je cherchais un prétexte pour vous revoir..., lui chuchota-t-il au creux de l'oreille.

— J'ai donc bien fait de venir..., répliqua-t-elle sur le même ton, comme hypnotisée.

Comme la réceptionniste les fixait d'un air éberlué, Harry reprit à son adresse :

— Je m'en occupe Cleo... Vous pouvez retourner travailler.

Quand ils furent seuls, Ellen murmura en admirant le blazer de son compagnon.

— Le bleu marine vous va si bien... Ça... ça donne à vos yeux un reflet encore plus mystérieux.

Harry, pour sa part, détaillait avec gourmandise le corps somptueux de la jeune femme, mis en valeur par une robe jaune citron. On aurait dit... une tarte au citron, précisément. Et il se sentait un drôle d'appétit, tout à coup.

— Que faites-vous ici ? s'enquit-il, la voix neutre, en essayant de mettre de l'ordre dans ses pensées.

— Je... je suis venue voir le conseiller financier de Sabrina. Pour une facture à régler.

— Ah, la facture...

Il hocha la tête, un peu déçu.

— Vous voulez être payée, si je comprends bien !

— Voilà... Et au cas où son conseiller financier refuserait d'honorer le contrat de Mlle Thorne, j'ai apporté la preuve matérielle des frais engagés : le gâteau !

Harry leva les yeux au ciel.

— Quoi, encore ce gâteau? Arrêtez, je l'ai vraiment trop vu!

— En tant que fiancé, peut-être. Mais pas encore en tant que responsable financier des affaires Thorne.

— Qu'est-ce que vous me chantez là? Je ne vois pas la différence...

Elle voulut lui fourrer le gâteau entre les mains.

— Moi si! Tenez, prenez-le! Il est à vous, quelle que soit votre identité, conseiller ayant besoin de preuves, ou fiancé en rupture de ban qui mérite un petit souvenir...

Harry avait levé les mains à la hâte, comme pour refuser ce cadeau empoisonné.

— Très drôle, Ellen... mais là, je n'ai pas le temps de jouer: j'ai un rendez-vous à l'autre bout de la ville cet après-midi.

— Oh, mais je n'ai pas l'intention de vous importuner très longtemps! Un chèque, et je... disparais.

Harry s'était légèrement renfrogné.

— Ce n'est pas si simple, à vrai dire. Pour justifier le paiement auprès de mes supérieurs hiérarchiques, il faut que j'épluche chaque détail de la facture...

Ellen plissa les yeux d'un air soupçonneux.

— Qu'est-ce que c'est que cette histoire? Je sais que vous avez une procuration sur le compte de Sabrina! Et que c'est vous qui avez payé la villa de Malibu.

— Oui, il y avait une facture!

— Eh bien, justement, je vous demande juste de régler celle du mariage...

— Chut! Les murs ont des oreilles, ici...

Ellen reprit, un ton en dessous:

— Comme vous le savez, les choses ne se sont pas tout à fait passées comme prévu... mais je tiens quand même à être réglée jusqu'au dernier centime! Et la somme est loin d'être ridicule.

Elle sursauta en sentant les mains de Harry effleurer sa taille.

— Vous allez repartir comme vous êtes venue, dit-il en plongeant son regard dans le sien. Et sans parler à quiconque.

La colère anima le petit visage d'Ellen.

— Attention, Harry... Vous avez une menace suspendue au-dessus de la tête.

— Laquelle?

— Vous avez oublié ce que j'ai écrit sur ma carte de visite? Je croyais que vous adoriez les slogans...

Les sourcils de Harry se rejoignirent.

— Une... carte?

— Oui... celle qu'on a dû vous transmettre pour m'annoncer.

Comme il semblait ne toujours pas comprendre, elle ajouta avec une pointe d'inquiétude.

— Vous ne savez pas de quoi je parle?

Harry frémit. Hélas non, il n'en avait pas la moindre idée.

— Partez, Ellen... Partez tout de suite! *Je vous en prie.*

Il allait la pousser vers la sortie quand la porte la plus proche s'ouvrit largement. Sur une plaque en or massif on pouvait lire: Stuart Wainwright, directeur.

Royal, Stuart se planta devant eux, fier vieillard en costume trois-pièces bleu nuit. A la main, il tenait la carte de visite d'Ellen.

— Enchanté de faire votre connaissance, Ellen, la salua-t-il. J'ai cru comprendre que vous désiriez un entretien.

6.

— Quel... quel plaisir de vous revoir, monsieur Wainwright! bredouilla Ellen, comprenant avec effroi que c'était le directeur lui-même qui avait reçu le message destiné à Harry.

— Venez donc... je suis un peu pressé, hélas, reprit Stuart en souriant.

— Il y a un malentendu, répliqua Ellen avec nervosité, se sentant surtout idiote avec son gâteau dans les bras. C'est le conseiller financier de Sabrina Thorne que je souhaitais rencontrer...

— Mais... c'est moi! s'exclama Stuart en souriant.

Ellen demeura abasourdie. Cette fois, elle n'y comprenait plus rien.

— Venez..., insista-t-il, charmeur. Nous serons plus à l'aise pour bavarder dans mon bureau.

— Il semblerait que Sabrina m'ait licencié, marmonna Harry à l'oreille d'Ellen.

Embarrassée, Ellen se mordit la lèvre.

— Elle en avait parlé, mais je ne pensais pas qu'elle mettrait sa menace à exécution...

— Quoi? Vous étiez prévenue?

— Je vous dis que je n'y croyais pas! Sabrina parle souvent à tort et à travers.

L'inquiétude plissait le front de Harry.

— Je vais donner à Stuart ma version de l'histoire, dit-il soudain d'un ton résolu. Il n'y a pas d'autre solution!

— Mais n'oubliez pas que j'ai besoin de mon argent, Harry !

Et comme il semblait hésiter, elle ajouta avec un petit sourire :

— J'ai ici le genre de portrait que vous n'aimeriez pas voir circuler au bureau, n'est-ce pas ?

Harry frémit, sachant qu'Ellen le tenait bel et bien. Il était coincé...

Au même instant, ils entendirent Stuart Wainwright s'éclaircir la gorge au fond du bureau, signe que le vieil homme était manifestement en train de s'impatienter.

A regret mais avec détermination, Ellen pénétra dans la pièce et marcha droit vers l'imposant bureau en acajou derrière lequel s'était assis le P.-D.G. du cabinet Wainwright.

— « Expert matrimonial intente procès pour violation de promesse de mariage » ? lut Stuart d'une voix étonnée en déchiffrant la carte griffonnée par Ellen.

Dans son dos, la jeune femme entendit Harry refermer la porte et se sentit soudain dans ses petits souliers. Stuart était un vrai requin de la finance internationale, elle le savait retors, puissant, joueur... Un coup de fil de lui pouvait détruire une réputation, et un seul de ses regards, vous intimer le silence.

Il faudrait donc jouer serré. Car si elle le braquait contre elle, il ne ferait qu'une bouchée de Félicité Plus.

Mais elle se sentait de taille à relever le défi. Et d'ailleurs, Stuart Wainwright la fixait sans animosité.

— Je suis si contente de vous revoir ! s'exclama-t-elle en s'efforçant de produire un sourire confiant.

En même temps, elle sentit dans son dos le regard perçant de Harry, plein d'inquiétude et de méfiance. La jeune femme sentit son cœur se serrer. Elle n'avait aucune envie de lui attirer des ennuis — bien au contraire !

Le gâteau, qui jusque-là ne pesait rien dans ses bras, lui sembla soudain plus lourd que le gros sac qu'elle portait à l'épaule. Doucement, elle le posa sur un guéridon près de l'entrée, espérant le récupérer en sortant.

— Vous nous avez organisé une réception du tonnerre, samedi ! dit Stuart d'un ton aimable. Et quel plaisir de vous rencontrer, vous la plus ancienne amie de Sabrina ! Je suis toujours heureux de pouvoir rendre service à ma star favorite... Asseyez-vous donc !

La jeune femme s'exécuta avec soulagement. Un peu plus et ses jambes menaçaient de la lâcher.

— La blague sur la carte était destinée à Harry, précisa-t-elle à la hâte, soulagée de se délivrer de ce fardeau.

— Harry... que vous connaissez, si je comprends bien !

— Euh... oui. C'est-à-dire que...

— Je vous expliquerai, monsieur, se hâta d'intervenir Harry.

— Oh, mais je commence à y voir plus clair..., répondit Stuart d'un ton doucereux.

Ellen sentit que l'atmosphère se chargeait d'électricité. Il était temps d'agir, sinon ils couraient tous les deux à la catastrophe.

— En deux mots, monsieur, reprit-elle avec décision, Sabrina me doit de l'argent pour la réception de samedi, et refuse de le verser. Comme vous l'avez vous-même constaté, tout s'est bien passé, et j'espère que votre établissement consentira au paiement.

Le visage de Stuart resta imperturbable.

— Mais pour quoi exactement suis-je censé payer ?

— Difficile à dire ! soupira Harry. Comme d'habitude avec Sabrina, tout a pris des proportions délirantes. On va avoir du mal à s'y retrouver...

— On ne peut demander à une artiste comme Mlle Thorne d'être aussi rationnelle que toi, Harry, se moqua Stuart.

Harry accusa le coup, tandis que l'attention de Stuart se reportait sur Ellen, dont il observa longuement le visage.

— J'admets que je suis quelque peu intrigué ! finit-il par soupirer. A en juger par la nature de votre entreprise, et par la propension de Sabrina à contracter des mariages, dois-je conclure que votre prétendue pendaison de crémaillère était en réalité une cérémonie nuptiale ? Et que quelque chose a mal tourné ?

Ellen fixa la pointe de ses chaussures, avant de répondre d'une toute petite voix :

— J'en ai bien peur...

Le regard désapprobateur de Stuart se porta sur Harry.

— Et d'après l'air hébété de mon protégé... je suis prêt à parier qu'il était destiné à faire office de fiancé. J'ai deviné juste, Harry ?

— Oui, oui, grommela l'intéressé avec un geste d'impatience. Mais j'imagine que vous le saviez déjà, puisque c'est vous qui gérez les affaires de Sabrina, désormais... Elle a dû appeler pour se plaindre, non ?

Un air surpris s'afficha sur le visage de Stuart.

— Pas le moins du monde ! Nous avons à peine parlé de toi ! Elle m'a simplement dit qu'elle voulait que tu sois flanqué à la porte, et que je m'occupe désormais de ses affaires.

Un demi-sourire plissa ses lèvres.

— Mais, heureusement, vous êtes là tous les deux pour éclairer ma lanterne ! Harry s'est défilé et Sabrina, en bonne enfant gâtée qu'elle est, tient Ellen pour responsable et refuse de payer la note de ce mariage raté. Je chauffe ?

— Vous brûlez, l'approuva Ellen avec soulagement. A un détail près : Harry n'a aucune responsabilité dans cette affaire. Sabrina ne l'a même pas averti de ce qu'elle tramait, et lui-même a estimé que son dévouement pour votre cabinet n'était pas censé allé jusqu'au mariage.

Stuart arqua un sourcil ironique.

— Ça, ça sent le licenciement pour faute lourde !

— Et puis quoi encore ! objecta Harry, furieux, avant de comprendre que son patron plaisantait.

Stuart fixait le couple avec un mélange d'étonnement et de curiosité.

— Alors comme ça, si je comprends bien, vous êtes devenus amis ? reprit-il au bout d'un moment.

— C'est que je me suis enfui en stop, dans la camionnette d'Ellen, avoua Harry.

— C'est lui qui m'a entraînée dans un traquenard... en vous imitant ! se défendit Ellen.

— Comment s'y est-il pris ? s'enquit Stuart sans pouvoir dissimuler son amusement. Il a imité ma voix chevrotante ?

— Est-ce vraiment important ? fulmina Harry.

— C'est vrai, peu importe... Avez-vous une facture détaillée, Ellen?

— La voici, dit Ellen en plongeant la main dans son sac pour en extraire le document.

Stuart chaussa ses lunettes sur son nez et éplucha les chiffres.

— Eh bien! Si on m'avait dit qu'un jour je payerai pour les noces de Harry! ne put-il s'empêcher d'ironiser.

Ellen laissa fuser un petit rire qui déclencha à son tour celui de Stuart Wainwright... mais pas celui de Harry, qui les fixait tour à tour d'un air furibond.

Quand la jeune femme et le vieil homme eurent repris leur sérieux, le second sortit sans un mot d'un tiroir de son bureau un carnet de chèques et régla l'intégralité de la facture.

— Avec mes excuses pour les lubies de Sabrina..., précisa-t-il en tendant à la jeune femme le rectangle de papier blanc. Je l'aime comme une fille, et je sais qu'elle a avant tout besoin d'amour et d'affection... Mais la pauvre se trompe d'objet, c'est là le drame de sa vie!

— Comme vous la comprenez bien, monsieur! remarqua Ellen avec admiration.

Stuart s'était levé et fit le tour du bureau pour lui serrer la main.

— Je vous souhaite bonne chance pour votre entreprise, Ellen. Et comptez sur moi pour faire circuler vos références parmi mes associés. Je suis sûr qu'ils n'auront pas à se plaindre des services de Félicité Plus!

Ellen rayonna.

— Merci beaucoup, monsieur Wainwright!

— Oh, appelez-moi Stuart...

Ce fut rouge d'émotion qu'Ellen quitta le bureau... non sans avoir adressé un petit signe de tête à Harry.

— Elle est vraiment délicieuse, cette Ellen Carroll! lâcha Stuart d'un ton rêveur, quand la porte se fut refermée.

— Je ne vous le fais pas dire..., répliqua Harry d'un ton bougon.

— Et quelle redoutable femme d'affaires! Venir elle-même encaisser ses factures! Quel style, quel culot!

— Une vraie manipulatrice, oui..., grommela son interlocuteur. Venir me relancer, moi, à la place de Sabrina... Il faut le faire !

— Il faut dire que c'est toi qui t'occupes... enfin qui jusqu'à ce matin t'occupais des affaires de Sabrina ! Ellen était fondée à croire que tu honorerais la facture. Moi, je trouve qu'elle a pris les choses en main de façon très professionnelle !

— Ah oui ? Et depuis quand le chantage fait-il partie de la déontologie des affaires ? s'indigna Harry en montrant le gâteau. Apporter cette pièce à conviction pour me confondre, c'est... c'est ignoble !

— Hein, de quoi parles-tu ? Le regard de Stuart suivit le doigt de Harry. Qu'est-ce qu'il y a dans ce papier kraft ? Je pensais qu'il s'agissait d'un cadeau quelconque.

— Rien, rien..., murmura Harry.

— Pourquoi ai-je l'impression que tu ne supportais pas l'idée de me savoir enfermé dans ce bureau avec Ellen Carroll ? reprit son patron avec une pointe de malice.

Harry refusa de répondre. Les deux hommes avaient tous les deux une belle réputation de coureur de jupons, et dans le petit cercle étroit qu'ils fréquentaient, il leur arrivait souvent d'inviter à dîner les mêmes femmes, sans en concevoir d'animosité l'un pour l'autre.

Mais Ellen n'était pas comme les autres...

— Je crois qu'il serait sage, dans l'immédiat, de réserver notre jugement sur Ellen..., finit-il par murmurer.

— Tu as raison, l'approuva son mentor en attrapant sur son bureau deux agendas reliés de cuir, l'un noir, l'autre bordeaux.

Harry n'ignorait pas que le second était réservé aux contacts professionnels, et le premier aux contacts personnels, car Stuart estimait que, pour réussir, il fallait savoir nouer des liens étroits et suivis. Tous ses cadres, à commencer par Harry, possédaient deux jeux d'agendas.

Stuart les posa côte à côte devant lui et prit d'un air pensif la carte de visite que lui avait laissée Ellen.

— Restons prudents, reprit-il. Après tout, sur le plan professionnel, nous ne l'avons vue qu'une seule fois à l'œuvre...

Harry hocha la tête.

— Tout juste...

— Je vais donc l'inscrire dans mon agenda noir, annonça Stuart d'un ton jovial. Et je réserve mon jugement professionnel jusqu'à plus ample information...

Il rit sous cape en voyant le regard furibond de Harry.

— A votre place, je l'inscrirais d'abord au crayon noir, suggéra-t-il sèchement.

Mais Stuart ignora la remarque.

— Pourquoi, c'est ce que tu as fait? nargua-t-il son jeune collègue.

— Non, non...

C'était à l'encre rouge qu'il avait inscrit l'adresse d'Ellen dans son propre agenda. Rouge comme... danger!

— J'ai un rendez-vous..., reprit-il en consultant sa montre. Si ça ne vous fait rien...

— Attends! le retint Stuart. Tu ne m'as rien dit de... ta relation avec Sabrina.

Harry eut l'air surpris.

— C'est qu'il ne s'est rien passé... sauf dans son imagination plus que fertile!

Stuart prit un air soupçonneux.

— Tu ne lui as pas fait d'avances?

— Mais bien sûr que non!

Un lent sourire plissa les lèvres de Stuart.

— Jusqu'à vendredi dernier, je t'aurais cru sur parole, fiston... Mais va savoir pourquoi, j'ai comme l'impression que tu n'es plus le même, depuis quelques jours!

— Ellen, on ne peut pas attendre ici jusqu'à la fin des temps! protesta Mark alors qu'ils se trouvaient toujours sur le parking Wainwright.

— Mais je ne veux pas en rester là! plaida Ellen.

Elle avait oublié le gâteau, pour commencer. Et elle voulait à tout prix s'excuser auprès de Harry.

La lippe de Mark se fit dédaigneuse.

— Bah, ça ne collera jamais, Harry et toi! Qui se ressemble trop ne s'assemble pas...

Insensible aux sarcasmes de son frère, Ellen surveillait le trottoir à travers le pare-brise. Même s'il avait raison, elle ne pouvait se résoudre à renoncer tranquillement à Harry. Il lui aurait sans doute dit qu'elle s'abandonnait trop à ses émotions... mais c'était plus fort qu'elle.

— Il a parlé d'un rendez-vous mais ça ne devrait plus être très long...

Le visage de Mark s'allongea.

— Il va être sacrément content de nous voir !

— Attends ! s'exclama-t-elle, soudain sur le qui-vive. Le voilà !

Harry venait de s'arrêter à la hauteur de la petite Porsche noire, garée sur un emplacement réservé.

— Hé, vous..

Harry s'immobilisa. Il avait reconnu la voix d'Ellen, mais depuis qu'elle l'avait apostrophé ainsi chez Sabrina, les catastrophes ne s'étaient-elles pas enchaînées les unes après les autres ?

Non, mieux valait résister à la tentation...

— Oui, vous là-bas ! insista pourtant la voix ensorcelante, à l'autre bout du parking.

Elle venait vers lui à grandes enjambées, et malgré toute sa bonne volonté, il ne put que fondre devant une démarche aussi sexy.

— Vous traînez encore ici ? s'obligea-t-il pourtant à la narguer. Après ce qui vient de se passer ? Vous ne manquez pas de toupet !

Elle s'arrêta devant lui, essoufflée et contrite.

— Je... je voulais juste m'excuser. Si j'avais su que Sabrina avait changé de conseiller, croyez bien que je serais allée voir M. Wainwright directement, sans mentionner votre nom.

— Je n'en doute pas un instant.

Haussant les épaules, il ouvrit sa portière.

— Vous me pardonnez, Harry ? insista-t-elle.

Harry scruta longuement les traits délicats de la jeune femme. Elle semblait sincère... mais que pouvait-il bien se tramer sous ce front lisse ?

— Il vous a passé un savon ? reprit-elle.

— Oh, c'est tout juste s'il ne m'a pas reproché de ne pas avoir séduit Sabrina pour la rendre heureuse.

— Il ignore donc que Sabrina s'entiche de tous les hommes qu'elle rencontre.

— Apparemment pas.

Elle frôla la manche de sa veste.

— Il ne vous a pas viré, au moins?

Il regarda les doigts graciles et bronzés posés sur son bras, puis les yeux bleus inquiets qui le questionnaient.

— Non, rassurez-vous. Lui et moi sommes comme père et fils. Avec les avantages et les inconvénients de ce genre de relation...

— Je comprends... Je... voulais juste vous dire que je suis désolée pour tout ce qui s'est passé.

— Hum... j'aurais pu croire à la sincérité de vos excuses... sans la mauvaise blague du gâteau.

Elle eut un mouvement de recul.

— Mais je pensais avoir affaire à vous! Et il devait rester emballé!

— N'empêche que c'était un bluff minable! Quand Stuart a ouvert la boîte, ça a été pour découvrir que mon visage avait été découpé bien proprement!

— Mark en a pris une part, il avait faim et...

— Je me fiche de savoir ce qui s'est passé! A cause de ce maudit gâteau, j'ai tout confessé... alors que j'aurais pu me taire!

— A quoi bon? Stuart n'est-il pas un père compréhensif?

— C'est vrai, concéda-t-il. Mais c'était à moi de choisir le lieu et le moment pour lui en parler! Alors que, comme ça, avec le couteau sous la gorge, au bureau...

Ellen eut un sourire gêné.

— Je comprends votre point de vue. Vous auriez aimé pouvoir le soûler au cognac avant de vous lancer... Moi, en tout cas, c'est comme ça que je m'y serais prise.

— Je pensais effectivement emmener Stu au Country Club de Malibu ce soir et lui offrir un porto hors d'âge.

Un petit sourire anima les lèvres d'Ellen.

— Vous voyez? Nous sommes sur la même longueur d'ondes!

— En tout cas, j'espère que vous n'avez pas d'autres punitions en tête.

— Eh bien, j'allais vous inviter à dîner pour qu'on s'explique un peu...

Harry pâlit légèrement.

— Pourquoi diable ne pas l'avoir suggéré plus tôt ? Au lieu de venir faire ici votre petit numéro ?

— J'étais en colère. Je me suis excusée. Il y avait une autre manière d'agir ?

— Oui ! Vous auriez dû méditer ma leçon : les émotions et la subjectivité n'ont pas de place en affaire, ma chère amie ! Chaque coup de sang vous vaudra une nouvelle gaffe !

Il s'était penché vers elle au point que leurs cheveux s'effleuraient presque.

— Apprenez à résister à vos impulsions, Félicité... ou elles vous perdront !

Troublée par le rapprochement, elle lâcha un petit rire gêné.

— Vous imaginer sur une table de torture, par exemple, vous appelez ça de l'émotion et de la subjectivité ?

— Absolument ! Bel exemple de temps perdu...

La jeune femme sentit la moutarde lui monter au nez.

— Dans la bouche d'un râleur colérique, c'est cocasse !

— Moi, un râleur colérique ? Ne racontez pas n'importe quoi ! La seule chose qui m'importe, ajouta-t-il en jetant un coup d'œil sur sa montre, c'est d'utiliser intelligemment mon temps.

Ellen pinça les lèvres

— Voulez-vous dire que je suis une perte de temps, peut-être ?

Objectivement, oui ! faillit-il lui balancer dans les gencives. Car il avait un rendez-vous important... et une vie parfaitement réglée, pleine de charmantes jeunes femmes bien moins encombrantes qu'elle !

— Bon, j'ai compris, soupira-t-elle comme il gardait le silence. Je suis trop remuante pour vous... Vous espériez me dominer mais vous êtes furieux de ne pas y parvenir !

Relevant le menton en signe de défi, elle héla Mark, qui mit le contact.

Harry la fixait avec un étonnement admiratif. Comment avait-elle su résumer sa position avec autant de lucidité et de concision ? Cette femme-là n'était décidément pas comme les autres...

— Si un jour vous décidez de vous marier, ajouta-t-elle, sarcastique, n'hésitez pas à contacter Félicité Plus !

Mais Harry ne l'écoutait pas, trop submergé par une vague de désir. Il était à deux doigts de la prendre dans ses bras pour l'embrasser avec fougue.

Et d'ailleurs...

Quand Harry l'attira contre lui, Ellen laissa échapper un petit cri de surprise, vite étouffé par les lèvres voraces qui se plaquèrent sur sa bouche. Des pieds à la tête, un délicieux frisson la parcourut, tandis qu'elle s'abandonnait à cette ivresse sensuelle.

Et ce n'était qu'un baiser ! songea-t-elle avec effroi.

Comme aimantée, elle s'était lovée contre lui, ardente et offerte, brûlant d'aller plus loin.

Quand l'étreinte se relâcha, elle était bouleversée. Et rose de plaisir.

— C'... c'était encore une de vos petites leçons ? bredouilla-t-elle sans plus trop savoir ce qu'elle disait.

Il la regarda, désarmé.

— J'y étais invité... non ?

— Mais vous disiez...

Désorientée, elle s'arrêta un instant.

— ... que les sentiments et les affaires...

— ... ne faisaient pas bon ménage ? chuchota-t-il.

— Voilà...

— Je continue à le penser, murmura-t-il en détournant le regard.

Ellen chancela, comme sous l'effet d'une gifle. Encore une fois, il se dérobait.

— Vous feriez bien de ne plus jamais me demander quoi que ce soit, Harry Masters ! cria-t-elle, au bord des larmes, en se hâtant de regagner la jeep.

Harry courut derrière le véhicule.

— Hé, attendez ! Je peux au moins récupérer mon chapeau ?

Mais la grosse voiture avait déjà tourné sur le boulevard San Vincente.

— Tu n'aurais jamais osé proposer à Harry ce genre de dîner ! se moqua Mark, en mordant dans son troisième hot dog.

Les jumeaux étaient installés au bar de la plage, avec devant eux des assiettes en carton et des couverts en plastique.

Ellen posa sur son frère un regard las. Ils avaient passé tout l'après-midi à la boutique, à établir un devis terriblement compliqué qui ne s'était pas mué en contrat ferme. Du coup, elle se sentait fatiguée, déprimée... et vraiment pas d'humeur à se faire mettre en boîte !

— Tu continues à écouter aux portes, n'est-ce pas ? soupira-t-elle.

— Et comment ! répliqua Mark d'un ton gai. C'est très utile pour étudier le comportement des gens en société...

— Mais tu n'as jamais l'impression de déranger ? Comme aujourd'hui, quand Harry et moi partagions un moment d'intimité ?

— Hurler dans la rue, c'est ce que tu appelles « partager un moment d'intimité » ?

Mortifiée, elle enfouit sa tête entre les mains.

— Je hurlais ?

— Et pas qu'un peu ! Lui aussi, remarque... En tout cas, nous avons bien fait d'aller le voir au bureau : aucun client n'aura été témoin de cette scène pathétique !

— Heureusement que nous avons récupéré le chèque, n'est-ce pas ?

Un peu rassérénée par cette pensée, elle but à la paille une gorgée de soda. Grâce à la générosité de Stuart, les affaires pouvaient reprendre, c'était déjà ça...

— Eh oui !

Mark tartina de moutarde un autre hot dog.

— Naturellement, je persiste à penser que si tu veux réellement un grand amour, c'est Harry qu'il te faut.

Comme chaque fois qu'on évoquait l'ex-conseiller financier de Sabrina, Ellen sentit ses joues se colorer de rose.

— Mais Sabrina et Harry...

— ... n'avaient strictement aucun point commun ! acheva Mark à sa place. Sabrina finira par l'admettre et jettera son dévolu sur quelqu'un d'autre.

— Tu as raison. Mais que peuvent espérer construire ensemble deux célibataires endurcis comme nous ?

— Tout ce qui compte, dans un couple, c'est le désir... Une ruse de la nature pour que l'homme et la femme se rencontrent, et restent ensemble malgré les aléas de la vie à deux !

Comme le regard d'Ellen se faisait rêveur, il ajouta en riant :

— Ah, Ellen... il n'y a pas que le travail dans la vie !

Pensive, elle contempla l'océan.

— Peut-être ! Mais tu as bien vu qu'il m'a repoussée...

— Sous l'effet de la colère, rien de plus ! Il venait de déraper devant son patron sur une planche que tu lui avais savonnée !

— Involontairement !

— Il reviendra, Ellen... Laisse-le respirer pendant quelques jours.

— En tout cas, c'est lui qui fera le premier pas !

Mark eut un sourire indulgent. Sa sœur y allait quand même un peu fort, avec ce pauvre Harry ! N'avait-il pas fait ses preuves en résistant au charme de Sabrina ? Mais Ellen avait le défaut de toujours placer sa raison avant son cœur. Le grand amour lui était tombé dessus comme un cyclone, et elle se cachait derrière une montagne de travail, organisant pour les autres des mariages en cascade...

D'ailleurs, à l'instant même, elle se consolait avec la pensée que Stuart Wainwright avait été favorablement impressionné par ses talents, et avait promis de lui donner un coup de main.

Mark sourit. Un plan germait dans son esprit. Il venait de trouver la réponse à cette question lancinante : comment réunir deux accros du boulot ? En les faisant travailler ensemble, pardi ! Et qui mieux que Stuart Wainwright serait à même de leur procurer du travail ?

D'ailleurs, ce serait aussi l'occasion pour Félicité Plus de faire ses preuves.

7.

— Je dois vous dire, monsieur Masters, que je préférerais de loin jouer plutôt qu'être caddie comme aujourd'hui... Voilà pourquoi je n'ai jamais été très enthousiaste pour vous accompagner le dimanche !

Terence Chapman venait de faire cet aveu brutal alors que lui et Harry regagnaient la salle à manger du Country Club de Malibu. Un dix-huit trous exténuant sous un soleil de plomb avait mis la patience des deux hommes à rude épreuve, ce qui expliquait sans doute la sortie un tantinet agressive du plus jeune.

Les sourcils froncés, Harry entraîna le stagiaire vers une table tranquille. Bon sang, jamais lui-même n'aurait osé traiter ainsi Stuart lorsque, dix ans auparavant, il lui servait de caddie. Pourtant, il était plus âgé que Terence et déjà diplômé quand il avait intégré le cabinet.

Il s'éclaircit la gorge.

— A mon époque, je considérais comme un privilège d'être le caddie de Stuart, tu sais ! le sermonna-t-il. C'est un honneur et un privilège de fréquenter un vieux pro comme moi, surtout pour un débutant !

— Je serai en deuxième année à l'automne, rétorqua Terence avec aplomb. Et je joue déjà mieux que vous !

A cette remarque, le visage de Harry s'assombrit. Evidemment, comment pouvait-il espérer se surpasser, sans son chapeau porte-bonheur ? Aujourd'hui, il avait été désastreux, sans ce talisman, ratant les coups les plus faciles sous le regard goguenard de son jeune acolyte...

— Il n'y a pas que le golf, petit... On pratique ici un sport encore plus important : la mise en place d'un réseau de relations nécessaires aux affaires !

Désignant de la tête la table où siégeaient trois hommes qui sirotaient des bloody mary, il ajouta :

— Voici mes partenaires de golf : un agent immobilier, le président d'une banque, un producteur de cinéma !

Comme Terence ne semblait guère impressionné, Harry insista.

— Te rends-tu seulement compte des avantages que ça pourrait t'apporter, Terence ? A un blanc-bec comme toi ? Et le tout gratuitement ?

Terence sourit, l'air narquois.

— Dans la vie, rien n'est jamais gratuit. Pensez, par exemple, à ces bons vieux billets verts que vous avez pariés... et perdus !

Harry fit la grimace, et maudit de nouveau la perte de son chapeau.

— Oublie ce pari idiot... Ce qui est grave, c'est que tu ne profites pas vraiment de ton stage chez Wainwright. Porter un sac de golf, c'est un prix minime à payer, en contrepartie des avantages que tu vas en retirer !

— Vraiment ? A votre époque, peut-être...

Imperméable à toute remarque, Terence avait enfoui ses mains dans les poches de son bermuda de toile, et regardait par la baie vitrée.

Harry s'empourpra sous le coup de la colère. A trente ans, le gamin le faisait passer pour un vieux ringard ! Alors qu'il essayait de le faire profiter de ses conseils...

— Dans la vie, il est primordial de se fixer des buts, et de réaliser ses rêves, dit-il d'un ton sentencieux. Mais pour cela, il faut être prêt à faire des sacrifices...

Cette fois, une lueur d'intérêt passa dans les yeux bruns de Terence.

— Je suppose que vous avez raison... il faut savoir saisir les occasions au mieux de ses propres intérêts.

Un peu rasséréné, Harry lui donna une vigoureuse tape dans le dos.

— Te voilà redevenu raisonnable. Tu sais combien il est difficile de décrocher un stage chez Wainwright et je ne voudrais pas que tu gâches cette occasion formidable. Prends mes amis, par exemple... Qui sait si tu n'auras pas besoin un jour d'un prêt bancaire ou d'une propriété pour un de tes clients...

— Ou d'une cérémonie nuptiale du genre de celles que sait si bien concocter Mlle Félicité..., lâcha Terence en étouffant un bâillement.

Harry demeura interloqué.

— Pardon?

Un petit sourire aux lèvres, Terence montrait quelque chose... ou plutôt quelqu'un de l'autre côté de la baie vitrée.

— Voyez vous-même... N'est-ce pas Ellen Carroll, de Félicité Plus, en compagnie de M. Wainwright?

— Quoi? s'étrangla Harry, bouleversé.

Mais, hélas, le jeune homme disait vrai.

Sachant ce qui lui restait à faire, Harry le fixa avec détermination.

— Tu as envie de rentrer chez toi, n'est-ce pas?

Le visage du jeune homme s'anima.

— Eh bien...

— File! Et dépêche-toi avant que je ne change d'avis!

Terence avait déjà bondi de son fauteuil!

— Bonne chance... Harry! lança-t-il en guise d'adieu.

Ce fut avec un regard mi-figue mi-raisin que Harry l'observa se ruer hors de la pièce. Son insolence méritait sans doute d'être punie... mais sa perspicacité appelait l'admiration. N'avait-il pas détecté ses sentiments pour Ellen Carroll?

A moins que ceux-ci ne soient scandaleusement flagrants...

De fait, miss Félicité n'avait rien à voir avec les femmes qu'il avait connues. Elle était délicieuse. Charmante. Ravissante. Mais aussi colérique, imprévisible, soupe au lait... et l'un dans l'autre, si désirable!

Seul hic... elle n'avait guère l'air de s'intéresser à lui. La preuve? En une semaine, elle n'avait pas daigné répondre à un seul de ses appels.

Mais c'était lui qui avait refusé son invitation à dîner... Avait-elle cherché à se venger en jetant son dévolu sur Stuart ? Cette seule pensée faisait bouillir son sang...

Le cœur battant la chamade, il l'observa à travers la vitre, attentif aux moindres de ses mouvements, à la façon dont le vent faisait voleter ses longs cheveux blonds, à sa silhouette galbée dans une courte robe rouge. Et s'il prenait soudain l'initiative de lui faire la cour ?

C'était risqué, bien sûr... Mais n'avait-il pas toujours eu un goût prononcé pour le danger ?

Une minute plus tard, il filait comme une flèche en direction du parc.

— Tiens... Harry !

Comme toujours lorsqu'il était en compagnie d'une jolie femme, Stuart Wainwright affectait un air autosatisfait qui avait le don d'horripiler son protégé. Aussi fut-ce un peu sèchement que Harry le salua de loin en s'approchant du couple. Et son cœur sombra un peu plus quand il constata qu'Ellen lui tournait délibérément le dos. Elle devait encore être folle de rage... Combien de temps allait durer cette petite comédie ?

— Je pensais qu'à cette heure-ci, tu serais en plein brunch, fit remarquer Stuart en masquant à peine son irritation.

— C'est Terence qui vous a repérés à travers la vitre... Je n'allais pas manquer cette occasion de vous dire un petit bonjour...

— Eh bien, voilà qui est fait ! Bon appétit, Harry...

Et sur ces mots, Stuart congédia le conseiller d'un geste de la main. Mais aujourd'hui, Harry n'avait aucune envie d'obéir.

— Bonjour, Ellen..., risqua-t-il en s'approchant de la jeune femme.

Celle-ci se raidit imperceptiblement. Le cœur battant, il admira son joli profil ciselé, que mettait bien en valeur une casquette rouge vif.

— Bonjour, Houdini..., murmura-t-elle.

Le silence s'installa entre eux trois. Harry se dandinait d'un pied sur l'autre, conscient qu'Ellen et Stuart attendaient de lui qu'il disparaisse, mais bien décidé à n'en rien faire.

Ce fut la jeune femme qui rompit la première le silence en déclarant :

— Excusez-moi... Je vais aller me repoudrer.

Dès qu'elle eut disparu au détour de l'allée, Harry se jeta sur Stuart.

— Que se passe t-il, Stuart ? Vous avez jeté votre dévolu sur Ellen ?

— Pour un rendez-vous d'affaires uniquement, répondit Stuart en souriant. Mais ça ne m'empêche pas de la trouver charmante...

— Elle n'est pas votre genre ! protesta Harry avec hargne.

— Jeune, jolie, audacieuse, pas mon genre ? Je ne sais pas ce qu'il te faut !

— Bon, admettons que ce soit votre type...

— Le nôtre, tu veux dire.

A vrai dire, Stuart était un peu décontenancé par la violence des réactions de Harry. C'était la première fois qu'il voyait son protégé à ce point accro à une femme...

— Je croyais que vous en étiez juste à noter son adresse..., reprit Harry d'un ton boudeur.

— Eh bien, j'ai décidé d'accélérer le processus. D'ailleurs, tu es bien mal placé pour me faire la leçon. J'ai vérifié ton agenda à la lettre... Félicité est écrit en rouge !

Harry frémit, tenté de dire à son patron ses quatre vérités, malgré tout le respect qu'il lui devait. Mais Stuart avait déjà enchaîné :

— Bref, j'ai eu son frère jumeau au téléphone. Je l'ai trouvé dynamique, efficace, motivé... et il a adoré ma proposition de donner un coup de pouce à Félicité Plus. Il m'a brossé un tableau de leur activité, donné des chiffres concrets, parlé des projets de développement. Il avait même préparé une liste de clients à appeler... En échange, j'offre mon réseau de connaissances.

— Vous parlez bien du frère surfeur qui préfère se dorer au soleil plutôt que de mettre les pieds au bureau ?

— Eh oui ! J'entendais bien rugir l'océan en arrière-fond,

90

mais je peux t'assurer qu'il connaissait son affaire. Et qu'il m'a convaincu !

— Vous avez donc appelé Ellen et vous l'avez mise en rapport avec la famille Pilson..., murmura Harry en voyant sortir d'une grosse berline noire une jeune fille de vingt ans qu'il reconnut immédiatement.

Moulée dans un short rose bonbon, Trish Pilson, future héritière des céréales Pilson, gesticulait en tous sens sur le parking, une escouade de jeunes gens à sa suite.

Stuart suivit le regard de Harry.

— J'ai parcouru mes deux agendas pour dénicher quelqu'un susceptible d'avoir recours à un expert-conseil en mariage... et je n'ai trouvé qu'Oscar Pilson. Je l'ai donc appelé pour recommander Ellen. Sa fille, Trish, et son coiffeur et futur époux, Jon, ont accepté ce rendez-vous de golf pour une première prise de contact.

— J'espère qu'ils se conduiront de façon moins indécente à l'église, fit sèchement observer Harry en voyant le jeune couple s'embrasser avec une sensualité torride.

— Au fait... j'ai promis à Mark Carroll de garder son intervention secrète, précisa Stuart après réflexion. Mieux vaut laisser Ellen croire que tout ce qui lui arrive n'est qu'une heureuse succession de hasards.

Les deux hommes regardaient les deux jeunes femmes venir vers eux, Trish exubérante et un peu vulgaire, Ellen mince et élégante.

— La voilà... Quelle classe, n'est-ce pas ?

Harry acquiesça en silence. Un projet prenait corps dans son esprit.

— Si vous le voulez bien, monsieur, je ferai office de quatrième à votre place...

Stuart le scruta.

— Mais tu as déjà joué, n'est-ce pas ?

— Oui. Seulement...

— Es-tu bien sûr qu'Ellen souhaite ta présence ?

Harry défia son interlocuteur du regard.

— C'est dans votre intérêt, monsieur...

Stuart tressaillit.

— Mon intérêt ?

— Vous avez donc oublié l'affaire Malacaster ?

— Malacaster...

Stuart se gratta le menton, pensif.

Conscient qu'Ellen approchait, Harry enchaîna rapidement :

— Il y a quelques années... Mac le harceleur...

— Mac et une jeune femme sur un court de tennis, c'est ça ?

— C'est ça. La jeune femme s'était évanouie à cause de la chaleur, et il lui faisait du bouche-à-bouche pour la ranimer... Mais une version plus croustillante n'a pas tardé à circuler : Mac était un sémillant vieillard... dans votre genre, et la « victime », une adolescente quelque peu dénudée... Bref, ça lui a valu — peut-être à tort — son renvoi du Country Club. Oui, certains membres du bureau d'admission sont un peu pointilleux sur les questions de morale...

Comprenant où Harry voulait en venir, Stuart haussa les épaules.

— On peut difficilement comparer... Trish est fiancée, de toute façon !

— Peut-être, mais les membres du Club n'ignorent rien de ses frasques passées...

— Ah bon ? Et pourquoi ça ? Les Pilson ne sont pas membres...

— Raison de plus pour que Trish ait besoin d'un garde du corps.

Une expression irritée passa sur le visage du vieil homme.

— Tes insinuations sont grotesques, Harry ! Trish Pilson pourrait être ma nièce, je la connais depuis toujours !

— « Nièce » ? Le choix du mot n'est pas très heureux... C'est d'ailleurs ce qu'avait prétendu ce pauvre Malacaster.

Le menton de Stuart frémit imperceptiblement.

— Tu sais bien que je la trouve voyante et vulgaire ! Ce n'est pas du tout mon genre !

— Contrairement à Ellen, n'est-ce pas ? Ellen à qui vous ne détesteriez pas faire du bouche-à-bouche sur un court de tennis...

Cette fois, Stuart se décontenança pour de bon.

— Hum... Pour être tout à fait honnête, c'est une perspective qui ne me déplairait pas...

Il fit la grimace et hocha la tête.

— Tu as raison, je pourrais me retrouver malgré moi en fâcheuse posture et le cabinet en pâtirait.

Résolu, soudain, il fourra son club de golf entre les mains de Harry.

— Sois bon garçon, et remplace-moi... Je vais m'excuser auprès d'Ellen.

Le cœur battant, Harry retint un sourire de jubilation. Mais sa bonne humeur flancha un peu quand il vit le dépit s'afficher sur le visage de la jeune femme. De toute évidence, elle n'était pas dupe de l'histoire de rendez-vous oublié — un dimanche ! — que venait de lui servir Stuart.

D'ailleurs, une minute plus tard, elle se campait devant Harry, l'air furieux.

— Vous l'avez fait exprès !

Il sourit lentement.

— Bien sûr !

— Quoi, vous ne niez même pas ?

— Non...

A cet instant, Trish et Jon les dépassèrent sans dire un mot. Le visage fermé de la jeune fille n'était guère de bon augure.

— Vous la connaissez ? s'enquit Ellen.

— Oui.

— Elle n'a pas l'air de vous apprécier beaucoup...

— Disons qu'elle est le genre de femme qui a du mal à supporter qu'on résiste à ses charmes.

Le visage d'Ellen s'assombrit.

— J'ai désespérément besoin de ce boulot, Harry !

— Je sais.

— Vous avez voulu vous venger de moi, n'est-ce pas ?

Une étincelle pétilla dans le regard sombre de Harry.

— J'ai juste envie de passer un peu de temps avec vous, Ellen.

— Pourquoi devrais-je vous croire ?

— Ne vous ai-je pas appelée tous les jours, cette semaine ?

— Pas vendredi..., remarqua-t-elle avec un soupçon de malice.

— C'est que je devais en avoir assez de ne pas recevoir de réponse...

— Dommage, parce que moi, j'avais très envie de discuter avec vous...

— Je suis vraiment désolé..., murmura Harry.

Ils échangèrent un long regard brûlant.

— Désolé mais... content, reprit-il. A l'idée de jouer au golf avec vous...

— Vous avez habilement manœuvré..., murmura-t-elle. Comment vous y êtes-vous pris ?

Essayant de masquer son émotion, il glissa son bras autour de sa taille.

— Oh, c'est une longue histoire... Celle d'un certain Malacaster et d'une jeune fille innocente...

Malgré son plaisir de se retrouver en compagnie de Harry, Ellen comprit vite qu'ils couraient tous au désastre. Car Trish ne semblait guère apprécier Harry, qui de toute évidence le lui rendait bien. Ce qui compliquait diantrement la tâche d'Ellen, qui avait pourtant la ferme intention d'emporter le contrat Pilson.

— Pour Félicité Plus, le plus important c'est que tout le monde s'amuse ! déclara-t-elle d'un ton enjoué en prenant le bras de sa nouvelle amie, comme le petit groupe se dirigeait vers le green.

— Alors il faudrait peut-être commencer par semer Harry Masters, répliqua la jeune fille avec une moue dédaigneuse.

— Mais je ne peux pas faire ça, protesta Ellen. C'est un ami.

La jeune femme se sentait sur le qui-vive. Après Sabrina, Harry allait-il lui faire essuyer un nouvel échec ? C'était trop injuste que Félicité Plus en fasse les frais !

Comme la jeune fille semblait bouder, Ellen lui tapota amicalement la main.

— J'ai une idée... Nous n'avons qu'à proposer à Harry un petit jeu...

**

— Comment ça, les garçons contre les filles ? lâcha Harry d'un ton incrédule en descendant de la voiture électrique près du trou numéro un.

— Mais si, c'est une superbonne idée ! s'enthousiasma Trish.

Harry tourna vers Ellen un regard interrogateur.

— Qu'est-ce que c'est que cette histoire, Ellen ?

— Il a bien fallu que je trouve quelque chose pour amadouer Trish, Harry, lui murmura-t-elle à l'oreille en faisant semblant de fouiller dans son sac de golf.

— Mais les garçons contre les filles, c'est tellement... puéril !

— Justement ! Elle est à peine sortie de l'enfance ! Et moi, j'ai un contrat à décrocher, mon vieux !

— Peut-être que je devrais aller déjeuner avec Jon, pendant que vous, les filles, discutez entre vous, suggéra Harry en regardant le jeune homme famélique, en T-shirt et bermuda, les cheveux blonds coiffés en catogan. Un bon repas ne lui ferait pas de mal...

— C'est de son âge d'être trop maigre !

— Oh, ne me parlez pas des ados d'aujourd'hui, j'en ai par-dessus la tête ! Ils ne savent ni se nourrir correctement, ni travailler dur, ni observer un minimum de déférence à l'égard de leurs aînés.

Ellen ne put retenir un sourire amusé.

— Ils n'ont que dix ans de moins que vous, pourtant !

— Mais des années-lumière nous séparent ! Moi, j'ai accepté de travailler d'arrache-pied pour décrocher la brillante position à laquelle je suis arrivé...

— Moi aussi, admit Ellen avec une délicieuse sensation de complicité.

A cet instant, la voix moqueuse de Trish parvint à leurs oreilles.

— Elle vous explique les règles du jeu, Harry ?

— J'arrive ! répondit Ellen sur le même ton. Allez-y, on vous suit !

— Dépêchez-vous !

— Pourquoi tant de hâte ? s'étonna Harry.

— Si elle gagne contre vous, je lui fournirai gracieusement des extra pour son mariage..., expliqua Ellen.

— Et si elle perd ?

— Elle paiera l'intégralité !

— C'est que vous êtes sacrément vénale, dites-moi !

— Ecoutez Harry, ma priorité c'est de l'avoir pour cliente... Et j'y arriverai avec ce genre de petits appâts.

— Ne vous inquiétez pas pour Félicité Plus, alors : je suis sûr de gagner !

Sûr de lui, il brandit un de ses clubs avec l'impression d'être un preux chevalier venant en aide à sa princesse.

Sauf que...

— Aïe... je n'ai pas mon chapeau porte-bonheur, soupira-t-il.

— Quoi, encore ce vieux truc ?

— Vous ne l'avez pas jeté au moins ?

— Non, il est quelque part chez moi dans un placard. Mais vous êtes vraiment si superstitieux que ça ?

— C'est qu'il m'a tiré d'un grand nombre de situations difficiles.

Ellen baissa les yeux et avoua d'une toute petite voix :

— Je préfère que vous ne l'ayez pas, à vrai dire...

— Et pourquoi ça ? demanda Harry, crispé.

— Parce que... j'aimerais que vous perdiez, Harry. Délibérément !

Son compagnon étouffa un juron

— Et puis quoi encore ? Ça ne me ressemble pas du tout, ce genre de choses !

— Mais je ne peux remporter le marché que si Trish a l'impression de s'amuser. Si elle perd, elle ne sera pas d'humeur à m'écouter.

— De là à me demander de perdre *volontairement*.

— Vous disiez vouloir m'aider... Et ce n'est qu'un jeu...

— Pas à Pikesville, en tout cas !

Elle fronça les sourcils.

— Où ça ?

— A Pikesville, dans l'Iowa, ma ville natale. Des hectares

de prairies, un joli parcours de neuf trous, deux mille habitants chaleureux... le paradis sur terre, quoi !

Un sourire rêveur s'afficha sur les jolies lèvres d'Ellen. Comme ça faisait drôle d'imaginer ce dandy raffiné en petit gars de la campagne... Elle qui l'avait cru né et élevé à Beverly Hills, bichonné depuis le berceau ! Mmm... ça lui ouvrait de nouveaux horizons ! Et d'imaginer Harry les cheveux hirsutes, coiffé d'un chapeau de paille, la bousculant sur une meule de foin n'était pas pour apaiser le feu qui couvait dans son cœur.

— Qu'est-ce qui vous fait sourire ? s'enquit-il.

— Oh, rien, rien... Je peux donc compter sur vous, Harry ?

— Mmm... c'est beaucoup me demander !

— De toute façon, vous êtes fichu, sans votre chapeau ! se moqua Ellen.

— On verra bien..., murmura-t-il.

Pour ça... et pour tout le reste.

8.

— Quelle chaleur, et même pas de chapeau pour me protéger ! soupira Harry au point de départ du sixième trou, avec la désagréable impression que son club vibrait dans sa main.

Jon ajouta à sa mauvaise humeur en lançant d'un ton suave :

— Allez, soyez sympa, perdez ! Par solidarité masculine. Je veux à tout prix faire partie de la famille Pilson...

Sans répondre, Harry recula d'un pas, prit de l'élan pour balancer son swing et essaya de se concentrer. Il allait leur montrer de quoi il était capable !

Sa détermination était telle que la balle fut expédiée directement dans le trou.

— Pas de panique, vous menez toujours..., soupira-t-il en voyant Trish recalculer fébrilement le score.

Rejoignant Ellen, qui, assise dans la voiturette électrique, prenait des notes dans un cahier à spirale, il ajouta avec une petite grimace :

— Alors ? Satisfaite ?

— Plus que ça ! Trish semble réellement intéressée par mes suggestions... J'ai le tournis rien qu'en pensant à tout l'argent qu'elle s'apprête à dépenser ! C'est si excitant d'avoir un tel budget à gérer ! Sabrina avait vu large, mais, bien sûr, c'était un mariage plus confidentiel, plus...

Elle se mordit la lèvre.

— Euh... désolée.

Il s'efforça de sourire.

— Oh, ce n'est pas grave ! Cette histoire me laisse un goût

amer, mais l'essentiel c'est que Sabrina n'ait pas quitté le cabinet Wainwright. Vous vous êtes réconciliées, au fait ?

— Non... mais je ne me fais pas de souci, elle finira par craquer la première. Mark et moi sommes les seuls à l'aimer pour elle-même... Au fait, Harry...

— Oui ?

— Merci de m'aider à conquérir le gratin.

Harry aurait préféré qu'elle apprécie sa compagnie pour elle-même... mais c'était déjà un pas dans la bonne direction.

— Ravi de vous être utile, Ellen. Même si, à vrai dire, je préférerais en finir le plus vite possible avec ce fichu parcours.

Son regard plein de sévérité tomba sur le jeune couple en train de se bécoter. Depuis le début du parcours, ils avaient eu droit à toute la gamme des démonstrations amoureuses.

— Je trouve qu'on s'en sort pas mal, ils ne s'étaient pas embrassés depuis un quart d'heure, ironisa Ellen.

Elle ajouta avec un grand sourire.

— Je vous dois une fière chandelle, vous savez...

— Insinueriez-vous que je perds... délibérément ?

Les yeux d'Ellen pétillèrent.

— Bien sûr ! Ne me dites pas que vous êtes toujours aussi mauvais...

— Sans mon chapeau porte-bonheur, je suis nul ! C'est un talisman que mon père portait pour le tournoi de golf annuel de Pikesville. Et il l'a remporté cinq fois de suite ! En plus, le soleil tape dur, aujourd'hui.

Il effleura de la paume la tête d'Ellen.

— Je devrais peut-être essayer votre casquette.

— Il est vrai que vous avez droit à une récompense...

— Laquelle ?

— Je vous invite à dîner. Et cette fois, pas question de refuser !

— Miam, je n'avais pas mangé de hot dogs depuis des siècles, se moqua Harry en croquant dans son sandwich débordant de chou, d'oignons et de ketchup.

A l'horizon, le soleil couchant dardait ses rayons cuivrés sur l'océan Pacifique.

Ellen ramassa les papiers gras et les pailles qui traînaient sur la table en plastique blanc et les jeta à la poubelle.

— C'est un de nos endroits préférés, à Mark et à moi. Et à en juger par le hot dog géant que vous dévorez, ça n'a pas l'air de vous déplaire !

Harry semblait effectivement mâcher avec grand plaisir.

— Eh oui, le petit garçon de Pikesville se réveille de temps en temps ! Quand il a un compagnon... ou une compagne de jeu !

— Ce qui ne doit pas lui arriver très souvent, vu le milieu que vous fréquentez...

— En effet... D'ailleurs, j'avoue que dans certains domaines je suis devenu assez snob : j'aime l'art contemporain, les bars à vin branchés, les clubs de jazz sélects... Je profite de l'argent que je gagne et de ma position sociale sans le moindre complexe. Mais je donne aussi beaucoup à des organismes humanitaires, et j'aide ma famille. Ma mère et mon frère aîné font tourner la ferme... Comme je les admire de lutter contre vents et marées, et de s'accrocher à leur rêve !

Ellen sourit, charmée par l'émotion qu'elle décelait dans sa voix.

— Au début, je vous ai mal jugé, vous savez Je vous croyais né avec une cuillère en argent dans la bouche...

Comme mue par un instinct secret, elle lui essuya une trace de moutarde aux commissures, et Harry tressaillit, électrisé, comme chaque fois qu'elle le touchait.

Il regarda les promeneurs sur la plage, essayant de se concentrer sur leur conversation.

— Votre erreur est compréhensible. J'étais très jeune quand Stuart a commencé à me former. Nous nous sommes entendus à merveille et il m'a pris sous son aile. Si je tenais à me lancer dans la finance, disait-il, je devais changer mon image de pied en cap.

— Comme ça a dû vous changer de Pikesville...

— Bien sûr... mais je me suis d'emblée senti à l'aise avec Stuart. Il a fait office de père de substitution...

Ellen plongea sa paille dans son verre de soda.

— Terence Chapman marche sur vos traces ?

— Oui, le cabinet aime bien se transformer en pépinière pour les jeunes talents. Il y a huit ans, j'étais à sa place...

— C'est votre protégé ?

Harry hésita, cherchant la meilleure formule.

— Oh, c'est un type sympa... mais un peu arrogant ! Il ne m'écoute que d'une oreille, je crois !

— J'ai eu l'impression que, à votre place, il aurait accepté d'épouser Sabrina pour l'utiliser ensuite comme marchepied.

— Exactement ! De mon côté, je conseillerais plutôt à mes protégés de sortir avec des gens qu'ils aiment vraiment, et de ne pas mélanger les affaires et l'amour.

— L'amour ? demanda calmement Ellen. Vous y avez pensé, ces derniers temps ?

Et comment ! Plus qu'il n'était raisonnable... Il but une gorgée de soda pour masquer son trouble. Voilà l'ouverture qu'il attendait...

Surtout, ne pas se précipiter.

— O... oui, j'y ai pensé, admit-il après un long moment de silence. Il me faudrait une femme qui prenne sa carrière au sérieux, qui comprenne les longues heures de travail et l'investissement personnel que cela représente. A ce propos... que pensez-vous de notre collaboration d'aujourd'hui ?

— Que vous seriez nul comme golfeur professionnel, le taquina Ellen.

— Comme vous êtes cruelle avec moi !

— Quoi, vous voudriez que je vous inonde de compliments ? Comme le font d'ordinaire les femmes de votre entourage ?

— Eh bien, disons qu'elles sont souvent plus coopératives que vous !

Ellen réprima un petit sourire.

— Mais aucune n'a su être inoubliable..., poursuivit-il. Contrairement à vous, Ellen. Vous... vous êtes une femme avec laquelle je pourrais envisager de partager ma vie !

Bouleversée, elle étreignit involontairement la main de son compagnon.

— Taisez-vous ! Vous savez bien que ce n'est pas si simple !

— Mais... pourquoi ?

— Parce que... nous ne sommes pas du même milieu, pour commencer. Et malgré mon métier... ou peut-être à cause de lui, je me défie du mariage.

Harry se figea.

— Pour... pour quelle raison ?

— Connaissez-vous les statistiques, Harry ? Près d'un mariage sur deux se termine par un divorce. C'est triste, quel gâchis !

— Mais vous, vous le voyez sous son aspect le plus romantique...

— Justement ! L'issue n'en est que plus cruelle.

Harry hésita.

— Et vos parents, Ellen ? Ont-ils réussi leur mariage, eux ?

Surprise, elle murmura :

— Eh bien... oui.

— Tout comme les miens !

— Exceptions qui confirment la règle sans doute... Mais nous deux, sommes-nous faits pour le mariage ?

— Sans doute, puisque nous sommes d'accord sur l'essentiel ! Alors pourquoi ne pas sortir ensemble ?

— Parce que ça risquerait de finir par un mariage, justement !

— Et si dans un premier temps on s'en tenait à... une amitié amoureuse ?

— Qu'est-ce que c'est que ça ? Jamais entendu parler...

— Soyons inventifs, alors ! Qu'y a-t-il de mal à ce que deux travailleurs acharnés, célibataires et heureux de l'être, aient plaisir à se voir tout en conservant chacun leurs habitudes, leur appartement, leur mode de vie ?

Ellen sentait ses réticences fondre comme neige au soleil.

— Ça pourrait être amusant d'essayer..., finit-elle par murmurer.

Se levant d'un bond, Harry lui tendit la main.

— Alors que diriez-vous d'aller marcher et profiter du coucher de soleil ?

Ellen se tourna vers le large. Le soleil jetait une dernière note orangée sur la surface sombre des eaux.

— Trop tard... il fait presque nuit !

102

Prenant sa main de force, Harry l'entraîna en riant.

— Eh bien tant pis, on regardera se lever la lune !

— Voilà comment apprécier pleinement un clair de lune..., chuchota Harry d'une voix langoureuse à l'oreille d'Ellen.

Ils avaient dévalé en courant les dunes jusqu'à l'océan pour s'écrouler finalement dans le sable, blottis dans les bras l'un de l'autre.

C'était à dessein, à vrai dire, que Harry avait entraîné la jeune femme dans cette petite crique, hors des sentiers battus. Et maintenant que leurs corps vibraient l'un contre l'autre, il ne le regrettait pas...

Un soupir de plaisir lui échappa quand il sentit la main de la jeune femme se glisser sous sa chemise.

— Vous êtes bien ? lui chuchota-t-il à l'oreille.

Ellen embrassa sa joue chaude et râpeuse.

— Plus que bien !

Sans crier gare, il aventura à son tour une main sous le pull de la jeune femme, cherchant à tâtons la fermeture Eclair de sa combinaison. Le corps en feu, elle s'arc-bouta pour l'aider et étouffa un petit cri quand il l'eut dénudée jusqu'au nombril.

La vue d'Ellen dressée sur lui le torse nu, lui coupa le souffle. Avec une infinie délicatesse, il tendit la main pour caresser les fragiles rondeurs et, encouragé par ses gémissements, se mit à taquiner le bout de ses seins.

— Si tu savais comme j'ai envie de toi..., gémit-il soudain, emporté par le plaisir.

Ivre d'émotion, elle lova son visage contre son épaule.

— Moi aussi, Harry... mais je ne sais pas si c'est une très bonne idée de perdre ainsi la tête sur une plage...

Ecartelé entre son désir et sa raison, Harry laissa planer un court silence... avant d'admettre qu'Ellen avait raison. Leur première fois méritait mieux qu'une partie de jambes en l'air à la belle étoile. Ils n'étaient plus des ados, bon sang !

— Pensons à l'avenir, à tous les moments magiques que nous partagerons, lui murmura t-il à l'oreille d'un ton câlin, tout en l'aidant à se rhabiller.

Elle se rassit, soudain sensible aux petits grains de sable qui s'étaient infiltrés partout sous ses vêtements.

— Désagréable, hein? pouffa Harry.

— Un peu.

Ils s'époussetèrent vigoureusement puis se levèrent en même temps et restèrent enlacés un long moment, avec pour seuls compagnons le mugissement de l'océan, et le souffle tiède de la brise.

Comme Ellen faisait mine de se gratter, Harry la regarda avec une tendresse amusée.

— Veux-tu que je te balance à l'eau pour te débarrasser de tout ce sable?

— A tes risques et périls, mon vieux!

Il la serra tendrement contre lui.

— Je disais ça pour ton confort, c'est tout...

— Bien sûr! Alors c'est bien pour m'aider à décrocher le contrat Trish que tu as fait exprès de perdre?

Le sourire de Harry se figea.

— Comment voulais-tu que je gagne, sans mon chapeau porte-bonheur?

Prenant le visage d'Ellen au creux de ses paumes, il embrassa son petit nez charmant.

— Trish sera à la boutique demain à la première heure, c'est tout ce qui compte, non?

— Alors je ne saurai jamais la vérité?

— Tu as toute la vie pour me l'extorquer, répliqua-t-il avec un long regard plein de sous-entendus. Mais j'aime mieux te prévenir tout de suite que je suis du genre retors!

Comme ils reprenaient leur promenade, Ellen ne put retenir un sourire mélancolique. Là, tout au fond d'elle-même, s'installait un doute lancinant: jamais elle ne pourrait faire entièrement confiance à Harry... sur aucun plan. Ce n'était pas un hasard si on le surnommait Houdini... le maître de l'illusion!

Mais, pourquoi ne pas se laisser tenter pour quelques jours... ou pour quelques mois? Aucune des aventures qu'elle avait vécues n'avait abouti au mariage. Tant qu'il s'agissait simplement de sortir ensemble, de se promener, de rire et de faire l'amour... bref, de se livrer à ce que Harry appelait une « amitié amoureuse », tout irait bien.

— Encore une livraison pour vous, monsieur Masters !

Harry traversait comme une flèche le hall du cabinet Wainwright quand Cleo l'arrêta net.

— ... de la part d'Ellen Carroll ! ajouta-t-elle avec un petit clin d'œil complice.

Un sourire s'afficha sur les lèvres de Harry. Son chapeau, peut-être ? Décidément, tout allait à merveille. Ellen et lui venaient de passer une merveilleuse semaine, déjeunant sur le pouce dans les petits restaurants de Westwood Village, se retrouvant à l'improviste entre deux rendez-vous d'affaires, faisant des projets pour le week-end lors de torrides conversations téléphoniques...

Nul doute qu'il avait vécu là la semaine la plus romantique et la plus excitante de sa vie... à ce détail près que sa gente dame n'avait toujours pas succombé à ses assauts répétés. Mais il la sentait céder peu à peu. D'ailleurs, depuis le début de la semaine, des cadeaux arrivaient tous les après-midi au bureau : des fleurs le lundi pour le remercier de la signature du contrat avec Trish, un ballotin de chocolats le mardi pour le petit déjeuner qu'ils avaient pris ensemble dans le parc, un autre le mercredi pour remplacer celui qu'elle avait dévoré la veille au soir, et enfin un livre sur le golf, jeudi.

Aujourd'hui, vendredi, il en était à sa cinquième preuve d'amour. Cette fois, elle n'avait pas traîné : il était tout juste 9 heures du matin !

Dérangée par un coup de fil, Cleo raccrocha, rajusta ses lunettes et fixa Harry.

— Excusez moi... où en étions-nous ?

— Mon cadeau, dit-il, un peu nerveux.

Cleo se pencha pour prendre dans un tiroir un paquet de la taille d'un dictionnaire.

— Elle a un goût prononcé pour le papier kraft, non ? remarqua la réceptionniste d'un ton taquin. Un autre gâteau, peut-être ?

— Chut! la réprimanda Harry en lui faisant les gros yeux. Vous n'êtes pas censée être au courant.

Cleo partit d'un grand rire.

— Mais qui, croyez-vous, a fini par manger ce gâteau? Mes petits-enfants, pardi!

Et comme Harry écarquillait de grands yeux effarés, elle se hâta d'ajouter :

— Ne craignez rien, j'ai juré à Stuart de garder le secret!

Rasséréné, Harry déballa son paquet... qui ne contenait pas, hélas, son chapeau, mais un réveil, accompagné d'un petit mot : « Espérons que nous en aurons besoin samedi matin... Félicité. »

Son cœur fit un bond dans sa poitrine. Devait-il en conclure que... Mais on ne savait jamais, avec elle. Et puis, il aurait bien aimé avoir son chapeau! Faudrait-il se résoudre à lui avouer que, oui, il avait fait exprès de perdre, pour que Trish accepte de signer le contrat? Ce qui, vu la nullité de Trish au golf, était la seule et unique solution...

L'idée qu'Ellen le menait par le bout du nez lui laissait comme un arrière-goût amer sur la langue, à vrai dire... Cette femme le rendait vulnérable, et ça, c'était plus que nouveau...

Réalisant soudain qu'il était toujours immobile devant Cleo, raide comme un piquet, il prit son paquet sous le bras et reprit la direction de son bureau.

— Oh! Au fait, monsieur Masters..., s'exclama soudain la réceptionniste dans son dos. M. Wainwright vous attend...

— Euh... dites-lui que j'arrive, mais que je passe d'abord aux archives, voulez-vous?

— Il semblait pressé...

Harry leva les yeux au ciel.

— Il a dû prévoir une petite séance de cogitation intensive... raison de plus pour mettre mes dossiers en ordre!

Et sur ces mots, il disparut dans le couloir.

En pénétrant au service des archives, il eut la curieuse impression que le personnel le fixait d'un air goguenard, lui et son paquet... tout en évitant son regard.

— Désolée de vous avoir fait attendre, monsieur Masters,

finit par s'excuser la responsable, Emma Greely, qui de toute évidence était en train de se retenir d'éclater de rire.

— Ce n'est pas grave... Il me faudrait le contrat de propriété des Beckman.

— Euh... je ne crois pas qu'il soit prêt, répondit rapidement Emma, en fourrageant dans un monceau de papiers.

Harry arqua un sourcil, étonné de cette réponse approximative. Rien dans le service n'échappait à Emma d'ordinaire — raison pour laquelle Stuart lui versait un salaire digne d'un ministre plénipotentiaire !

Décidément, il devait y avoir anguille sous roche...

Les sourcils de plus en plus froncés, il la vit pivoter sur sa chaise tournante pour tenter d'atteindre l'étagère située derrière elle, ce qui eut pour effet de faire glisser de ses genoux le dossier qu'elle compulsait à son arrivée... et de révéler un exemplaire de la *Gazette des Stars*.

Ah, tout s'expliquait... Les employés avaient dû évoquer une histoire croustillante du Tout-Hollywood... Et pourquoi n'aurait-il pas partagé leur hilarité, d'ailleurs ? Il avait toujours aimé les potins...

— Non, il n'est pas là..., soupira Emma en se tournant vers lui. Il faudrait me laisser une petite demi-heure... Désirez-vous autre chose, monsieur ?

— Euh... je ne sais pas trop ! J'espérais que vous auriez un scoop pour moi, à raconter tout à l'heure dans le bureau de Stuart.

Ses oreilles sifflèrent. Etaient-ce bien des gloussements qu'il venait d'entendre ?

Emma jouait avec son stylo à bille d'un air gêné.

— Oh, il n'y avait rien de bien intéressant, dans la *Gazette des Stars*, cette semaine. A part...

— A part quoi ?

— A part que M. Wainwright a fait savoir à l'ensemble des services que vous ne dépendiez plus que de lui.

Médusé, Harry fronça les sourcils. Cette fois, la situation dérapait carrément... Mais comme Emma avait fait mine de se replonger dans son travail, il se résigna à rebrousser chemin, conscient des regards rivés sur sa nuque.

Et il n'aurait sans doute jamais trouvé la clé du mystère... si Julie, une des employées, n'avait fait tomber à ses pieds un autre exemplaire de la *Gazette des Stars* en se levant pour répondre au téléphone.

Il crut que son cœur allait cesser de battre : son visage s'étalait en gros plan, à côté de celui d'Ellen ! Et un titre barrant toute la page proclamait : « Plus fort que *Cœurs troublés* : La belle intrigante file avec le fiancé. »

Les jambes en coton, il se pencha pour ramasser le magazine. La photographie, de toute évidence prise par Mark Carroll, montrait Ellen devant Félicité Plus en train d'empêcher Harry de descendre de la camionnette. Mais en réalité, la scène donnait l'impression qu'Ellen Carroll, expert-conseil en mariages, avait décidé de garder Harry pour elle.

Comme il demeurait parfaitement immobile, le visage blême, Emma vola à son secours.

— Je suis désolée, monsieur..., s'excusa-t-elle avec une parfaite sincérité. Mais vous êtes un des célibataires les plus en vue d'Hollywood, et il n'y a rien d'étonnant à ce que certaines filles prennent leurs désirs pour des réalités !

Encore sous le choc, Harry ne put qu'acquiescer en silence. En cet instant, une seule pensée l'obsédait : comme il regrettait la tranquillité de la ferme familiale, à des années-lumière de tout ce cirque ! Peut-être était-il encore temps d'y retourner et d'y couler des jours heureux ? Mais avant ça, il devait d'abord démasquer le coupable... et l'expédier sur la planète Mars d'un bon coup de pied aux fesses !

Animé d'une sourde résolution, soudain, il regagna son bureau pour y déposer son paquet et fonça vers le bureau de Terence Chapman.

— Où est Chapman ? aboya-t-il en s'encadrant d'un air menaçant dans la porte du bureau des stagiaires.

Six jeunes gens apeurés levèrent la tête en même temps et plusieurs doigts s'empressèrent de désigner le petit box vitré de Chapman...

...vide !

Hors de lui, Harry s'y engouffra sans attendre.

La crapule ! Il avait manifestement débarrassé le plancher sans crier gare, et en emportant ses affaires personnelles.

Il n'y avait plus, posé sur le petit bureau, qu'une enveloppe adressée à « Harry Masters ».

Harry l'ouvrit fébrilement et déplia la feuille de papier.

« Dans la vie, il faut savoir saisir les opportunités — comme vous me l'avez suggéré !

Votre caddie reconnaissant,

T.C. »

Fou de rage, Harry froissa la feuille dans sa paume, puis enfouit la boulette dans la poche de son pantalon. Les pièces du puzzle se mettaient en place, désormais : Terence avait dû récupérer en douce la pellicule que Harry avait confisquée à Mark, puis l'avait vendue aux tabloïd, en même temps qu'une version très personnelle du mariage raté...

Mais c'était surtout la perspective de la réaction d'Ellen qui lui fendait le cœur. Elle allait être folle de rage ! Et lui en vouloir à mort.

Il savait maintenant pourquoi Stuart l'avait convoqué...

Cinq minutes plus tard, Harry pénétrait sans frapper dans le sanctuaire du bureau de son patron.

Enfoui dans un fauteuil de cuir tourné vers les grandes baies vitrées qui donnaient sur le jardin, Stuart était au téléphone.

— Je sais que c'est vexant, mon chou..., disait-il. Non, je n'ai pas la moindre idée de la façon dont ils se sont procurés cette photo. Si tu dis que c'est le frère qui est derrière tout ça, je te crois...

Harry se raidit en comprenant que Sabrina était à l'autre bout du fil. Certes, Stuart aimait les femmes, mais elles étaient peu nombreuses à avoir cet ascendant sur lui. Il se trouvait que le caïd de la finance était aussi un fan de *Cœurs troublés*.

Se sentant soudain dans la peau d'un voyeur, Harry recula de quelques pas et claqua la porte pour annoncer son arrivée.

Stuart fit pivoter son fauteuil.

— Le voilà enfin ! s'exclama-t-il d'un ton enthousiaste. Tu veux lui parler ?

Il y eut un court silence.

— Non, tu n'y tiens pas ? Très bien, ma chère, au revoir...

Il raccrocha et darda sur son protégé un petit sourire narquois.

— Il faudra bien qu'elle accepte un jour de me reparler! grommela celui-ci.

— On n'en serait pas là si tu l'avais épousée!

— Vous l'auriez fait, à ma place?

— Possible. J'ai toujours eu un petit faible pour Sabrina... Puisqu'elle avait décidé d'épouser un homme de chez Wainwright, pourquoi ne pas m'avoir choisi, moi, le plus prestigieux?

— Oh, j'aimerais vous y voir, en tout cas...

Stuart demeura de marbre.

— Bon, le plus important, maintenant, c'est de limiter les dégâts... Je n'arrive pas à croire que cette Félicité ait pu me rouler dans la farine! La petite intrigante, profiter de mes contacts avec les Pilson pour faire ses affaires, tout en vendant sa petite histoire et les photos à la presse à scandale! Pas étonnant que Sabrina lui fasse si peu confiance!

— C'est plutôt d'elle dont il faut se méfier en permanence! explosa Harry. Ellen n'y est pour rien, Stuart.

— C'est l'abominable frère qui a fait des siennes?

— Mark n'a rien d'abominable, c'est juste que Sabrina lui en veut parce qu'il lui résiste...

— Mais c'est lui qui prenait les photos, non?

— Euh, oui.

— Ce sont donc bien les Carroll qui sont impliqués!

— Pas exactement!

— Peu importe, il faut à tout prix réparer ça car tu sous-estimes les ravages provoqués par cette affaire sur ton image de marque... Nous recevons des appels furieux de clients qui contestent tes compétences! Et je ne veux pas d'un play-boy douteux comme futur P.-D.G. du cabinet Wainwright!

— C'est ridicule! grommela Harry, vexé.

— Tu trouves? Tu oublies que nous gérons des milliards de dollars, que nous conseillons toute la jet-set... Il faut à tout prix trouver une parade.

— Je ne veux pas qu'Ellen fasse figure de bouc émissaire, en tout cas!

Le regard de Stuart devint glacial.

— Je comprends qu'elle te plaise... mais à la guerre comme à la guerre ! En affaires, on ne plaisante pas, Harry.

Les affaires... Pour la première fois, le mot tintait très désagréablement aux oreilles de Harry. Qu'Ellen fût menacée lui était intolérable...

Mais déjà Stuart poursuivait :

— Il va falloir foncer... Le plus tôt sera le mieux !

Les doigts du vieil homme pianotèrent sur le bureau avant de se saisir d'un bloc-notes.

— Tu n'as pas vu Terence Chapman ce matin, par hasard ? Il semblerait qu'il ait disparu depuis hier au déjeuner... Il faudrait qu'il se renseigne pour d'éventuelles poursuites judiciaires.

Sentant toute patience l'abandonner, Harry se pencha vers son patron d'un air menaçant.

— Que signifie... ? commença le vieil homme, éberlué.

— Ne vous emballez pas et écoutez-moi ! lança Harry d'un ton coupant. Ce que j'ai à vous dire ne va pas vous plaire mais... à la guerre comme à la guerre !

— Eh bien, ça commence mal ! Plus vite Chapman aura...

— C'est de lui qu'il s'agit, justement ! Terence Chapman s'est autodémissionné. Son bureau est vide. Les autres disent qu'il a quitté la ville.

L'incrédulité se peignit sur les traits de Stuart.

— Comment a-t-il pu renoncer à une si belle opportunité pour lui, pour sa carrière, pour son avenir...

Un rire sans joie secoua Harry.

— Parce qu'il en avait une plus belle, figurez-vous !

Une lueur s'alluma dans les prunelles du vieil homme. Il commençait à comprendre...

— Tu veux dire que c'est lui le responsable ?

— De A jusqu'à Z !

En quelques phrases, Harry expliqua à Stuart comment le jeune stagiaire avait pu s'emparer de la pellicule pour la vendre au plus offrant.

— ... alors fichez la paix aux Carroll, acheva-t-il en guise de conclusion.

— L'article parle pourtant d'une « source bien informée »,

qui donne force détails sur le buffet, et l'irascibilité de la mariée... De qui peut-il s'agir ? grommela Stuart.

— Je n'en ai aucune idée ! Mais ça ne vient pas de Félicité Plus, ça, c'est une certitude ! Pourquoi voudriez-vous qu'Ellen ait mis ainsi sa carrière en péril ?

— Peu importe... Ce qu'il faut, maintenant, c'est réparer les dégâts. Notre attaché de presse et moi-même avons pensé à une solution, au cas où tu voudrais voler au secours de cette charmante jeune femme.

Harry attendait avec un calme trompeur, essayant d'anticiper ce qu'il croyait deviner.

Un sourire malicieux éclaira le visage de Stuart.

— Tu sais lire dans mes pensées, n'est-ce pas, mon garçon ? Dentelle blanche et grains de riz...

— Vous pensez à un mariage de convenance ?

— ... ou d'inconvenance ! Appelle ça comme tu veux, je m'en moque complètement. Marie-toi, même brièvement, mais arrive à convaincre la presse que ce fiasco avait un sens.

Harry avait déjà passé en revue les différentes options qui s'offraient à lui, avec l'objectivité froide de l'homme habitué à gérer les situations de crise. Un mariage bidon était le meilleur moyen de faire taire les rumeurs. Mais Ellen accepterait-elle cette idée ? Elle s'était montrée formelle : pas de mariage. S'unir dans ces conditions mettrait en péril l'équilibre de leur relation, et ruinerait probablement toute possibilité de bonheur commun...

— Ça ne se fera pas d'un coup de baguette magique..., soupira-t-il. Sabrina et Ellen risquent de grincer des dents.

— Je m'occupe de Sabrina... A toi de convaincre Félicité !

— Il me faut un peu de temps.

Stuart consulta sa Roleix en or massif.

— Il est midi, disons... à 18 heures chez moi ?

— Si vite ? C'est que j'ai un planning chargé, moi...

— Tu as tout le temps que tu veux ! aboya Stuart. Car tu es suspendu jusqu'à ce que tout soit rentré dans l'ordre.

Harry blêmit.

— Quelle cruelle punition pour un crime que je n'ai pas commis !

— Désolé, Harry. Ordres de l'attaché de presse...

Une heure plus tard, Harry passa devant chez Félicité Plus au volant de sa Porsche. Tout avait l'air désert — d'ailleurs, un écriteau sur la porte lui confirma que la boutique était fermée.

Il frappa impatiemment, sans autre résultat que de faire trembler les légers rideaux de mousseline.

Il ne voulait pas en rester là, pourtant. Ellen n'habitait-elle pas à l'étage ? Bien qu'elle refusât de répondre au téléphone, elle devait être terrée chez elle... surtout si elle était au courant !

Ce qui était le plus probable, vu qu'il était déjà 11 heures et que les journaux avaient été distribués depuis belle lurette !

Le cœur battant, Harry détailla la façade de la petite maison. Comme c'était cocasse, de penser que lui, l'impavide conseiller financier, en était réduit à jouer les Roméo sous le balcon de sa belle...

Il tressaillit en apercevant le reflet d'une tête blonde derrière le rideau de dentelle de la boutique. Bon, puisqu'elle était chez elle, autant jouer son va-tout...

Il sortit son téléphone cellulaire de la poche de sa veste et composa le numéro d'Ellen.

— Allô ? fit-elle à la troisième sonnerie.

— Tu es chez toi...

— Non !

— J'ai vu quelqu'un passer derrière la vitre de la boutique.

— Est-ce que tu traînerais devant chez moi, Harry ?

— Je voulais entrer dans la boutique, mais c'était fermé.

— Vraiment ? dit Ellen, médusée.

113

— Eh oui...

— C'est Mark que tu as aperçu. S'il a fermé, c'est qu'il doit être dans ses petits souliers.

— Donc tu as lu l'article.

— Oui.

— Et ta seule réaction, c'est de brancher le répondeur ?

— Tu veux dire que Mark ne répond pas non plus au téléphone ? Là, il exagère un peu !

— Dis-moi où tu es, je t'en prie... Où que ce soit, je viendrai te retrouver. Nous devons à tout prix trouver un moyen de sortir de ce pétrin !

Il y eut un court silence.

— Bon, d'accord..., finit-elle par soupirer. Je suis derrière la maison.

— Laquelle ?

— La mienne, idiot !

Un peu vexé, Harry rengaina son téléphone et traversa l'allée comme une flèche jusqu'à l'impasse. Décidément, Ellen était la seule femme au monde qui sache lui donner le sentiment d'être ridicule.

Il la trouva effectivement derrière la maison, vêtue d'un short de jogging bleu électrique et d'une brassière vert pomme, en train de ettoyer la camionnette. Mmm... comme il avait envie de la prendre dans ses bras ! ne put-il s'empêcher de songer en la voyant se dresser sur ses longues jambes bronzées pour atteindre le pare-brise.

Et lui qui avait espéré que ce week-end, enfin... Mais tout était-il perdu ?

En le voyant arriver, Ellen avait interrompu sa tâche.

— Pourquoi me regardes-tu ainsi ?

— Oh, pour rien... J'admirais juste l'étendue de tes talents !

Sous le feu de son regard, Ellen sentit ses genoux se dérober. Harry était si séduisant dans sa tenue décontractée qui semblait le rendre encore plus souple et plus félin que d'ordinaire.

Pourtant, elle aurait voulu avoir la force de l'envoyer promener en lui lançant au visage ses quatre vérités. N'était-il pas le principal responsable ? N'avait-il pas tout fichu par terre en égarant la pellicule compromettante? Depuis des heures, ses sentiments oscillaient. Et là, elle sentait de nouveau la colère l'envahir...

— Tu as apporté ta baguette magique, Houdini? le nargua-t-elle en se remettant à astiquer le véhicule.

— Et toi, pourquoi es-tu venue te cacher ici?

— Me cacher? protesta la jeune femme. Ce n'est pas mon genre! J'avais envie d'air frais... raison pour laquelle j'ai préféré confier la boutique à Mark.

— Tu parles! Tu n'avais aucune envie d'affronter les coups de fil courroucés de tes clients, oui!

La remarque la fit rire.

— Ni plus ni moins que toi!

Harry se cabra sous l'affront.

— Dans l'adversité, nous devons faire front commun, Ellen... pas nous diviser!

La vulnérabilité qu'elle décela dans sa voix la rendit soudain plus indulgente.

— Stuart t'a passé un savon? s'enquit-elle avec douceur.

— Plus ou moins... Mais le cabinet mijote une contre-attaque.

— Moi je pense qu'il faut plutôt en rire, et laisser aux gens le temps d'oublier, répliqua Ellen en fronçant son adorable nez.

Harry fut un peu décontenancé par son insouciance.

— Ce n'est pas si simple, Ellen, soupira-t-il.

— Mais quelle autre solution?

Harry hésita. La jeune femme s'était mise à rincer la voiture. De toute évidence, elle n'était pas d'humeur à entendre parler de mariage.

— Pourquoi ne pas dire la vérité, tout simplement?

Harry recula pour éviter les projections d'eau.

— J'aimerais bien... Mais Stuart refusera pour ne pas ternir la réputation de Sabrina.

— Oh, Harry... pourquoi as-tu retiré cette maudite pellicule de l'appareil? soupira Ellen en sentant son courage l'abandonner. Tu aurais dû être plus prudent.

Harry faillit lui rétorquer que rien ne serait arrivé si Mark ne s'était pas complu à jouer les paparazzi, mais c'était inutile de jeter de l'huile sur le feu, n'est-ce pas ? Il cherchait la réconciliation, pas l'affrontement.

— Ce n'est pas ma faute su Terence Chapman a volé la pellicule dans ma corbeille à papier... Et s'il a disparu du jour au lendemain...

Ellen fulmina.

— Quoi, tu veux dire que tu l'as négligemment jetée dans une corbeille ? Mais c'est une erreur de débutant...

— Ecoute, j'étais furieux, hors de moi, je l'ai jeté, rageusement dans la corbeille sans réfléchir... en présence de Terence. Mais comment pouvais-je deviner qu'il la récupérerait derrière mon dos ? Il semblait si inoffensif !

Harry s'arrêta et réfléchit un instant.

— Mais il n'y a pas que Terence, reprit-il. Le journal parlait d'une source « bien informée ». Les photos n'auraient pas suffi, un journaliste a dû mener l'enquête...

Ce fut au tour d'Ellen de réfléchir.

— Claude..., finit-elle par soupirer. Ça ne peut être que lui ! Son désir de gloire l'aura emporté sur ses scrupules moraux...

Harry serra les poings.

— Il a pris un sacré risque, vu qu'il a signé un contrat de confidentialité !

— Eh bien non, justement ! murmura Ellen, la mort dans l'âme. Mark puis Sabrina ont oublié...

— Alors les fautes sont partagées...

Ellen préféra ne rien répondre à cela.

— Ecoute, j'ai du travail par-dessus la tête..., dit-elle en arrêtant le jet d'eau. Il faut que j'y aille.

— Ça t'ennuie si je reste avec toi aujourd'hui ? demanda soudain Harry.

— Pour quoi faire ? s'étonna Ellen.

« Parce que je t'aime ! » fut-il tenté de déclarer.

— Parce que... je n'ai pas d'autre endroit où aller ! se contenta-t-il de répondre avec un petit sourire.

Ellen hésita. C'était sûrement une mauvaise idée. Ne ferait-elle pas mieux de couper les ponts une bonne fois pour toutes ? Mais Harry n'était pas un homme comme les autres.

— Viens..., finit-elle par soupirer sans oser affronter son regard incandescent.

Harry sourit, soulagé. Bon, tout n'était peut-être pas perdu...

116

Quand Ellen et Harry pénétrèrent dans la boutique, Mark leur fit signe de se taire. Il était au téléphone.

— Ne vous inquiétez pas, madame Clark... dites à votre fille que tout va s'arranger pour le fleuriste. Comment... ? Mais non, c'est une histoire montée de toutes pièces par les journaux... Un tissu de mensonges... Très bien, je lui ferai part de votre confiance, elle sera touchée !

L'air soupçonneux, Ellen se jeta sur Mark et lui arracha le combiné des mains. La sonnerie confirma ses doutes : qu'il n'y avait personne à l'autre bout.

— C'est minable de me faire un coup pareil, Mark ! Une vraie blague de potache !

Comme à son habitude, Mark prit la chose sur le ton de la plaisanterie.

— Si tu crois que ça m'amuse d'affronter seul des mères revêches, et des filles paniquées ! Il faut bien que je me distraie un peu, non ?

— Oui, mais tu pourrais quand même me ménager, étant donné les circonstances !

— Alors que dirais-tu de rester ici et de répondre à ma place ?

— Mais c'est à toi qu'ils veulent parler, énonça Ellen, lucide. Donc, c'est toi qu'ils auront. D'ailleurs, les choses vont forcément se tasser.

Le silence s'installa tandis que Harry détaillait le décor romantique de la boutique. Des paroles prononcées par Ellen dansèrent dans son esprit : le mariage était-il inexorablement voué à l'échec ? Non, peut-être pas... Pas toujours.

La voix de Mark le fit sursauter.

— Cette histoire va s'arranger, n'est-ce pas, Harry ?

— Je l'espère bien !

Mark baissa la voix pour ajouter d'un ton de conspirateur.

— Ne la brusque pas trop aujourd'hui... Elle n'est pas à prendre avec des pincettes !

— La brusquer ? Je fais mon possible pour l'aider, au contraire !

— Elle a l'air d'encaisser, mais mieux vaut ne pas se fier aux apparences. Perdre le contrat Pilson lui a mis le moral à zéro.

— Quoi ? Tu veux dire que... ?

Harry n'en croyait pas ses oreilles. Après les efforts qu'ils avaient faits pour distraire cette salle petite gosse de riches !

— Comment, elle ne t'a pas mis au parfum ? soupira Mark. Trish a été la première à appeler. Pour expliquer qu'une femme amoureuse d'un sale type comme toi n'était pas digne de réaliser ses fantasmes nuptiaux. Mais qu'est-ce que tu lui as fait pour qu'elle te déteste autant ?

Sans répondre, Harry fixa Ellen, qui venait de regagner la boutique après être allée se changer au premier étage. Il la trouva irrésistible dans son bermuda blanc, son chemisier de soie rouge et ses chaussures de bateau. Ses cheveux blonds, lâchés sur ses épaules, encadraient joliment son visage délicat.

— Désolé pour Trish..., murmura-t-il en la couvant d'un regard tendre. Je sais tout ce que ce contrat représentait pour toi.

Luttant pour contenir les sentiments qui menaçaient de la déborder, elle opta pour l'humour.

— Bah, tu dis ça parce que tu es vexé d'avoir perdu au golf...

— Ça, tu n'en sais rien !

A cet instant, le téléphone sonna. Ellen darda sur son frère un regard impérieux.

— Tu as intérêt à faire ton boulot, Mark... Moi, j'ai une course à faire avec Harry...

— Où va-t-on ? s'enquit Harry, comme la jeep descendait la rue.

— Voir ma mère..., répondit Ellen avec détermination. A son travail...

Comme Harry examinait avec curiosité le siège arrière dans le rétroviseur, elle s'empressa d'expliquer :

— Je dois lui livrer ces boîtes, qui contiennent des épluche-légumes en plastique au nom des mariés, avec la date du mariage imprimée... Très en vogue en ce moment !

— Sans blague?

— Si, si, je t'assure! Le cabinet Wainwright n'offre pas ce genre de trucs?

— Chez nous, ce serait plutôt coupe-papiers plaqués or et boîtes à cigares en acajou massif...

— Ah, je vois..., s'esclaffa-t-elle. Nous ne naviguons pas tout à fait dans les mêmes eaux!

La jeep ralentit et finit par s'arrêter dans une rue parallèle à Sunset Boulevard.

— Que fait ta mère, au fait? s'enquit Harry tandis qu'Ellen lui casait un carton dans les bras.

— Elle est coiffeuse dans un salon qui s'appelle Minivague, annonça-t-elle fièrement. Et grâce à elle, nous avons eu plein de ses clients, depuis deux ans. Comme les femmes adorent papoter chez le coiffeur, ma mère se débrouille toujours pour placer le nom de Félicité Plus dès qu'elle entend le mot « mariage ».

Ils quittèrent la voiture pour pénétrer dans le salon de coiffure. Des carreaux de céramique rose ornaient les murs, l'atmosphère puait la laque. Mmm... un peu ringard, songea Harry pour lui-même.

Il repéra aussitôt la mère d'Ellen : aussi blonde et menue qu'elle, et vêtue d'une blouse blanche, elle s'avança vers eux en souriant, avant de serrer affectueusement sa fille dans ses bras et de saluer Harry.

— Hé, c'est que je ne m'attendais pas à faire votre connaissance de si tôt! s'exclama-t-elle en dévisageant Harry de ses jolis yeux verts. Hier soir, Ellen parlait de vous comme du dernier des salauds... et vous voilà!

— S'il te plaît, maman... ce n'est pas la peine d'en rajouter! protesta Ellen en faisant les gros yeux. J'ai apporté les épluche-légumes de Cora Tremaine...

— Eh bien justement, elle est ici, en train de se faire faire une permanente..., annonça Marge en désignant une jeune femme grassouillette assise dans un fauteuil.

Médusé, Harry regarda la grosse femme se lever du fauteuil et venir vers eux, des rouleaux sur la tête.

— C'est son deuxième mariage, lui expliqua Marge. Elle a

choisi les épluche-légumes comme souvenir pour les plus âgés de ses invités.

Cora ouvrit la boîte et en sortit un, qu'elle examina avec un petit grognement de satisfaction.

— C'est bien, dit-elle en le replaçant dans son carton.

— Je suis contente que cela vous plaise, reprit Ellen, soulagée.

Cora la toisa d'un air méfiant :

— Quant à moi, je suis ravie de pouvoir vous dire deux mots, ma petite. Et je vais être claire : je ne veux pas vous voir samedi, ni à l'église, ni à la réception !

Ellen rougit violemment. Cora avait parlé fort, tout le salon s'était tourné vers les deux femmes :

— Madame Tremaine, les journaux ont raconté n'importe quoi ! plaida-t-elle. Je vous assure que je ne suis pas une voleuse d'hommes !

— Qu'est-ce qu'il fait là, alors, à côté de vous ?

Harry arbora un petit sourire gêné.

— Oh, moi ? Je ne fais que passer ! Mais je vous assure qu'Ellen ne m'a volé à personne !

Cora semblait toujours aussi méfiante.

— N'empêche que je n'ai aucune envie de prendre des risques ! grommela-t-elle, sûre de son bon droit. Si elle est capable d'arracher un homme des bras de Sabrina Thorne, comment pourrais-je prétendre rivaliser ?

Ellen se voulut rassurante.

— Ne vous inquiétez pas, le jour de votre mariage, je serai à des kilomètres de là et Mark sera sur place pour superviser.

Cora Tremaine prit son inspiration, hocha sa tête à moitié coiffée, et finit par acquiescer à contrecœur.

Marge la reconduisit d'autorité à son fauteuil puis revint embrasser sa fille.

— De toute façon, je ne vois pas qui voudrait de son fiancé ! lui glissa-t-elle à l'oreille avec humour. Et maintenant, file !

***

— Mon Dieu, quelle scène déplaisante ! soupira Harry, une fois dans la voiture.

— Oh, j'ai l'habitude des excitées entre deux âges, répliqua Ellen d'un ton léger.

Mais toute son attitude contredisait son insouciance : ses mâchoires crispées, ses doigts serrés sur le volant, le pli amer de sa bouche. Pas facile pour l'as des consultantes de se retrouver dans le rôle de la voleuse de fiancés..., songea Harry avec compassion.

Mais peut-être pouvait-il profiter de son état pour commencer à mettre en œuvre le grand projet de Stuart ?

— Où allons-nous à présent ? s'enquit-il prudemment.

Les traits d'Ellen se détendirent un peu.

— Voir un musicien spécialiste de rumba, pour l'orchestre...

Quelques minutes plus tard, la jeep s'arrêtait de nouveau devant un petit bar baptisé Chez Woody. Prenant tendrement Ellen par le bras, Harry la guida dans l'établissement sombre et enfumé. L'atmosphère, mélange de bière aigre et de tabac froid, était bien pire encore que celle, douce et poisseuse, du salon de coiffure.

— Tu auditionnes souvent des musiciens dans ce genre d'endroits ? s'étonna Harry, avec un soupçon de reproche.

— Ça fait partie du boulot de Mark, normalement..., expliqua-t-elle.

Elle s'assit au bar sur un tabouret. Avec une fierté mêlée d'irritation, Harry ne tarda pas à remarquer les regards pleins de convoitise que suscitait la jeune femme auprès de la gent masculine.

— Oui, je l'imagine mieux ici que toi.

— A la plage, Mark a entendu des étudiants parler d'un groupe qui fait des ravages... et a voulu savoir ce que ça donnait... Mais ne t'inquiète pas, ce sera vite fait !

— S'ils sont si bons que ça, pourquoi joueraient-ils dans ce genre d'endroit ?

— Pour gagner leur vie, tout simplement !

Un sourire moqueur s'afficha sur les lèvres d'Ellen.

— Tu sais, Harry, à force de jongler avec des fortunes, tu oublies qu'il y a des gens doués qui sont malgré tout obligés de se battre pour survivre !

Il hocha la tête, un peu penaud.

— C'est vrai, tu as raison... Quand on songe que la plupart de nos riches clients ne sont à mon avis que des bons à rien prétentieux, on se dit que le monde ne tourne pas rond !

Comme le barman apportait les jus d'orange qu'ils avaient commandés, trois jeunes femmes moulées dans des combinaisons léopard entonnèrent sur la scène une reprise d'Elvis Presley.

— Mmm... pas génial, n'est-ce pas ? commenta Harry après deux ou trois morceaux.

— Pas au goût de notre clientèle, de toute façon ! répliqua Ellen en fouillant dans son sac. Mais je vais arranger ça...

Elle sortit un stylo, jeta quelques mots sur une serviette en papier et la passa au barman avec quelques dollars. Il se dirigea vers la scène, la chanteuse lut le message et leur sourit.

— Que fais-tu ? s'exclama Harry, éberlué.

— Je saisis l'occasion de danser avec toi..., murmura-t-elle en détournant pudiquement le regard.

Bouleversé par l'émotion, il entraîna la jeune femme vers la piste de danse déserte, et l'enveloppa amoureusement.

C'était comme d'être seuls au monde.

— Tu es une vraie magicienne, Félicité..., lui chuchota-t-il à l'oreille. Quand je suis près de toi, tous mes soucis s'évanouissent... Tu me redonnes goût à la vie.

Touchée jusqu'aux larmes par la profondeur et la sincérité de son compliment, elle plongea son regard dans le sien.

— Tu es venu à mon secours, toi aussi. J'étais tellement déprimée par cet article, prête à passer une journée de chien... Et nous voilà ici, à danser tous les deux... Tu ne trouves pas ça merveilleux ?

Pour toute réponse, il la serra tendrement avant de reprendre :

— Sais-tu que tu devrais quand même te montrer plus prudente ? L'idée que tu aies pu venir toute seule dans cet horrible endroit me fait froid dans le dos !

— Tais-toi ! On dirait un mari protecteur ! s'esclaffa Ellen.

« C'est précisément ce que j'ai envie d'être... », faillit-il lui rétorquer en songeant à tous les dangers qui la guettaient — paparazzi en folie ou mâles grivois...

Ils continuèrent à danser, étroitement enlacés, heureux... Il frémit en sentant Ellen lui caresser doucement la nuque.

— Tu n'aimerais pas qu'on se cache ici pour toujours... ou au moins, jusqu'à ce que la presse à scandale nous oublie ? lâcha-t-elle. Ça pourrait devenir notre lieu de rendez-vous secret ?

Il rit.

— Oh non, je ne crois pas, ma chérie.

— Pourquoi pas ?

— Disons que je préfère les endroits où les verres sont propres et où les hommes ne déshabillent pas ma femme des yeux...

— Oh Harry, tu nous as déjà coupés de la moitié du monde !

Il la fit onduler une dernière fois, alors que la voix langoureuse de la chanteuse n'était plus qu'un souffle rauque.

— Eh bien... reste à nous débarrasser de l'autre moitié !

10.

— C'est toi, Mark?

— Non, mamie, c'est moi..., répondit Ellen, soulagée de voir apparaître sa grand-mère.

Depuis dix minutes Harry et elle frappaient à la porte du pavillon de banlieue... sans réponse.

— J'arrive, ma chérie. Laisse-moi le temps d'ouvrir.

Une main tira un verrou et une vieille dame tenant une canne apparut de l'autre côté du portail.

— On se faisait du souci..., expliqua Ellen en entraînant Harry à sa suite.

— Je regardais une émission à la télévision..., se justifia la vieille dame.

Ellen la fixa en souriant.

— J'espère quand même que tu es contente de me voir.

— Bien sûr! répondit Lil Carroll en embrassant sa petite-fille. C'est juste que le vendredi, c'est plutôt le jour de Mark...

Ellen observa avec plaisir sa grand-mère, qui avait bonne mine et semblait en pleine forme. La vieille dame fixait Harry avec un soupçon de méfiance.

— Qui est-ce? finit-elle par demander.

— Harry Masters, se présenta-t-il de lui-même. Enchanté de faire votre connaissance, madame...

— Dites donc... ce n'est pas de vous dont on parle dans le journal?

— Oh, mamie, tu ne vas pas t'y mettre, toi aussi! soupira Ellen. Cette histoire n'a ni queue ni tête.

— Je suis sûre que c'est encore la faute d'Ava! remarqua Lil d'un air entendu.

— Mamie ne rate jamais un épisode de *Cœurs troublés*, expliqua Ellen à Harry.

Lil laissa fuser un rire malicieux.

— Les vieilles dames de quatre-vingt-dix ans ont bien droit à quelques vices, n'est-ce pas? Je regarde les séries télévisées, je fume une cigarette par jour après le déjeuner et je bois un verre de sherry en regardant la *La roue de la Fortune*. D'autre part, je préfère appeler Sabrina par son nom de scène, car ça la contrarie... et j'adore contrarier les enfants gâtés. Etes-vous un enfant gâté, Harry?

— Je suppose que oui, d'une certaine façon, répondit-il en souriant.

— L'article dit que vous êtes dans la finance?

— Ça, au moins, c'est exact!

— Suivez-moi dans la cuisine, j'ai préparé des biscuits et du citron pressé, proposa Lil en ouvrant la voie, sa canne à la main.

— ... destinés à Mark! confia Ellen en riant, à Harry. Elle le traite comme un gros bébé!

— Tu peux parler à voix haute, tu sais, je n'en ai pas honte! s'exclama la vieille dame, qui avait tout entendu. Je vous aime à égalité l'un et l'autre... sauf le vendredi.

Ellen plaqua un baiser sonore sur la joue de sa grand-mère pour lui montrer qu'elle ne lui en tenait pas rigueur, avant d'ajouter:

— Il fait un temps splendide... tu devrais t'installer dans le jardin!

— Mark devait tondre la pelouse à vrai dire... C'est qu'il ne résiste pas à l'attrait de mes gâteaux.

Ellen détourna la tête pour cacher son sourire. Mark n'était pas si naïf! Ce qui ne l'empêchait pas d'adorer sa grand-mère.

Ce doux spectacle familial rendait Harry nostalgique de la ferme où il avait grandi. Cela faisait des années qu'il n'avait pas travaillé la terre... pour ne pas se salir les mains. Mais en échange de gâteaux et de citron pressé...

Il s'avança vers la fenêtre qui donnait sur le jardin.

— Moi, je pourrais tondre la pelouse... et aussi tailler les arbustes, et ensemencer le potager.

Les deux femmes le regardèrent, interdites. Lil fixait avec perplexité son costume trois-pièces et ses mocassins italiens.

— Bon, vous savez reconnaître un potager, c'est déjà ça..., remarqua-t-elle en riant. Mais vous n'êtes pas habillé pour jardiner, mon garçon !

— Tu dois bien avoir des vêtements de Mark à lui prêter ? suggéra Ellen.

— Je vais voir.

Dix minutes plus tard, Ellen et Harry se trouvèrent dans le garage, à rassembler des outils. Ellen avait le plus grand mal à garder son sérieux en regardant la tenue de Harry, chemise hawaïenne et bermuda à larges poches plaquées.

— Sais-tu qu'il n'y a pas beaucoup d'hommes qui peuvent porter ce genre de tenue, tout en restant séduisants ? remarqua-t-elle avec humour.

Il la prit dans ses bras et l'attira contre lui, pressant ses rondeurs féminines contre son torse puissant.

— Et moi, je n'ai jamais vu d'aussi jolie jardinière...

— Tu es sûr que ça ne t'ennuie pas de tondre la pelouse, Harry ?

— Bien sûr que non ! Sinon, je ne l'aurais pas proposé... Et puis ta grand-mère est charmante.

Sans crier gare, il se pencha et prit sa bouche, respirant avec délices la douce odeur de citron pressé de ses lèvres.

Ils étaient seuls dans la pénombre fraîche du garage. Dehors, il faisait une chaleur torride. Ellen se sentit frissonner des pieds à la tête, tandis que les mains de son compagnon caressaient sa peau satinée, glissant le long de son dos, effleurant son ventre, remontant délicieusement vers ses épaules. Elle gémit quand Harry saisit à deux mains les globes ronds et soyeux de ses seins. Il sentit ses mamelons durcir sous la caresse et soupira de désir contenu.

Prenant alors Ellen par la taille, il la souleva, écarta ses cuisses et la plaqua contre lui.

— Je pourrais te prendre ici, maintenant, lui souffla-t-il à l'oreille, la voix rauque.

Ellen sentit son corps vibrer.

— Oh, Harry, j'en meurs d'envie ! murmura-t-elle. Mais ici, chez ma grand-mère... je ne préfère pas.

Il fallut à Harry toute la force de sa volonté pour la reposer doucement sur le sol. Ils se tinrent enlacés un moment, laissant le désir s'apaiser en eux.

— Retournons au boulot ! finit par murmurer Ellen. Tu viens ?

— Prends la tondeuse à gazon et je te rejoins dès que j'ai trouvé de quoi tailler la haie.

Ils passèrent ainsi deux heures à jardiner, Ellen tondant la pelouse pendant que Harry s'attaquait à une haie touffue. Sa tâche presque achevée, il nota enfin que les deux femmes s'étaient installées sous un chêne et le dévisageaient en riant, tout en sirotant un deuxième citron pressé.

— Ça suffit, Harry ! lança gaiement Lil. Vous avez assez travaillé comme ça. Venez donc boire un verre et manger des gâteaux.

Harry obéit sans se faire prier, et vint s'installer dans l'herbe près d'Ellen et de Lil. La vieille dame lui tendit un verre de citronnade.

— Harry est sacrément doué pour le jardinage ! remarqua Ellen d'un ton admiratif.

— J'ai passé toute mon enfance à travailler la terre, commenta l'intéressé en dévorant biscuit sur biscuit.

— Je vous ai vu regarder le potager d'un œil critique, mon garçon..., commenta Lil. Pourquoi ça ?

— J'ai remarqué qu'il était envahi de mauvaises herbes... Si vous voulez, je peux m'y attaquer tout de suite.

— Montrez-moi ça.

Harry lui prit galamment le bras et l'entraîna jusqu'au potager.

— Vous voyez, Lil ?

— Oh, appelez moi « mamie » ! Tous ceux qui ont la gentillesse de s'occuper de mon jardin le méritent bien...

— Mamie, tu ne crois pas que Harry a assez travaillé pour aujourd'hui ? commenta Ellen en les rejoignant.

— Mais ça me fait plaisir ! protesta Harry avec la plus parfaite sincérité. Il me faudrait juste d'autres chaussures.

— Comme tu voudras..., soupira la jeune femme en prenant le chemin de la maison.

Quel homme étonnant! songea-t-elle en farfouillant dans l'armoire de la chambre d'amis pour y dégoter une paire de bottes. Combien de facettes recelait sa personnalité? Il y avait Harry le jardinier, Harry le financier, Harry le magicien... Elle ne se lassait pas de découvrir chaque jour ses nouveaux talents!

Ce fut dans un drôle d'état qu'elle regagna le jardin, avec l'impression étrange que son cœur se chargeait d'émotions.

Quand ils entreprirent de ranger les outils, le soleil déclinait à l'horizon. Soudain, un des deux téléphones portables posés sur la table de jardin se mit à sonner. Lil hésita, puis finit par se saisir de celui qui lui semblait convenir.

— Qui est-ce? cria-t-elle dans le combiné, qu'elle tenait à l'envers. Comment...? Vous avez du toupet, jeune homme! Commencez par vous présenter, s'il vous plaît... Vous dites? Soixante-trois ans? C'est bien jeune... Figurez-vous que j'en ai quatre-vingt-onze! Oui, c'est bien le téléphone de Harry.

Elle fit signe à ce dernier.

— Oui, mamie? demanda-t-il, amusé.

— Un certain... Stuart aimerait vous parler.

— Dites-lui que je suis occupé.

Lil ne se fit pas prier.

— Il voudrait quand même savoir ce que vous faites, reprit-elle à l'adresse de Harry.

— Eh bien, dites-le-lui!

Un sourire malicieux se peignit sur les lèvres de la vieille dame.

— Il est en pleine opération de transplantation... Si je plaisante? Bien sûr que non! Mes poireaux, mes choux et mes radis étaient en grand danger...

Elle se tut pour écouter son interlocuteur.

— Il veut savoir si Félicité est avec vous, transmit la vieille dame en fronçant les sourcils. Ah, c'est de ma petite-fille que vous parlez, Ellen... Des journalistes? Pourquoi voudriez-vous qu'il y ait des journalistes? Je n'ai pas besoin de vous passer Harry pour qu'il confirme, mes yeux vont parfaitement bien, merci... Et qui me dit que vous n'en êtes pas un d'ailleurs, à essayer de me soutirer des informations ?

— Raccrochez-lui au nez, mamie, conseilla calmement Harry.

— Avec plaisir !

Lil coupa la communication avec un plaisir manifeste.

— Ce Stuart prétend que la presse est à vos trousses... Il ne voulait pas croire que vous leur aviez échappé !

— Stuart risque de ne pas être très content d'avoir été ainsi congédié, remarqua Ellen, l'air soucieux.

— Et alors ? Il m'a bien viré du bureau, lui rappela froidement Harry.

— Mais il voulait quand même avoir de tes nouvelles.

— Il faudrait savoir ! Soit il a besoin de moi, soit non !

Ellen haussa les épaules.

— Bah, c'est ton problème... Après tout, c'est ta carrière qui est en jeu...

En effet, songea Harry. Mais dans l'immédiat, il s'en contrefichait comme de sa première chaussette.

Ils restèrent à dîner chez Lil, qui leur raconta avec entrain des histoires de famille, puis Ellen s'éclipsa au premier étage pour prendre une douche et se changer.

— Voulez-vous prendre un bain, vous aussi, Harry ? s'enquit Lil.

— Non merci, mamie. Tout va très bien... Savez-vous que j'ai passé une journée délicieuse ?

— C'est vous qui êtes délicieux, jeune homme ! lui répondit gaiement Lil.

Sur le pas de la porte, Ellen les fixait d'un air faussement courroucé.

— Je m'absente quelques minutes, et voilà que tu t'arranges pour séduire ma grand-mère dans mon dos !

Ils rirent tous les trois de bon cœur avant que Lil ne reprenne plus sérieusement :

— Il est temps pour vous de prendre congé. Vous devez avoir des tas de choses à faire.

Quand ils quittèrent la maison de Lil, il devait être environ 8 heures. Harry avait promis de rapporter les vêtements du grand-père une fois nettoyés, et Lil de lui préparer une tarte aux pommes.

— J'espère que tu réalises qu'après ton passage mamie ne fera plus jamais confiance à Mark pour le jardin ! remarqua Ellen en riant quand ils furent installés dans la jeep.

— Et moi, j'espère que j'ai eu raison de faire confiance à Mark pour surveiller ma Porsche !

— Je suis certaine que ta voiture se porte comme un charme... Tu veux l'appeler ?

— Pas la peine, coupa Harry en palpant la poche intérieure de sa veste pour s'assurer que son portable était bien déconnecté.

Il n'avait aucune envie de subir l'intrusion intempestive du monde extérieur. Pas aujourd'hui. Pas tout de suite. Pas avant qu'ils n'aient fait l'amour.

— Je suppose que la réalité ne tardera pas à se rappeler à nous, murmura Ellen, pensive.

— Hélas !

Les mots lui avaient échappé, brûlants comme un serment. Et malgré elle, Ellen sentit l'émotion submerger de nouveau son cœur.

— Que dirais-tu de... passer chez moi ? murmura-t-il, la voix un peu rauque. Je te ferai visiter mon appartement.

Ils échangèrent un long regard.

— Je pensais que cette proposition ne viendrait plus..., chuchota-t-elle, troublée.

Sans un mot, Harry prit la direction de Brentwood, et un quart d'heure plus tard, ils ralentissaient devant un petit immeuble chic.

La jeep s'engouffra aussitôt dans un garage souterrain, dont la porte commandée par électronique se referma aussitôt.

— Comme ça, la meute des journalistes ne pourra pas nous poursuivre..., plaisanta-t-il.

— Ils ne s'attendaient jamais à te voir en jeep, de toute façon ! Heureusement, parce que s'ils nous trouvaient ensemble aujourd'hui, ça n'arrangerait pas nos affaires !

Harry ne le savait que trop... Mais cela ne faciliterait-il pas le grand projet de Stuart ? De nouveau, il hésita à lui en parler, mais préféra se raviser. Le moindre faux pas et tout risquait d'être brisé entre eux. Or, il n'avait aucune envie d'hypothéquer l'avenir. Car chaque heure qui passait lui confirmait qu'il désirait vraiment vivre avec Ellen.

Quand ils eurent émergé de l'ascenseur privé, la jeune femme suivit Harry dans une enfilade de pièces toutes plus luxueuses les unes que les autres, pendant que son compagnon allumait la lumière et baissait les stores. L'appartement idéal pour un cadre supérieur célibataire et riche... songea-t-elle en admirant la décoration sobre, de bon goût. Peu de meubles, pas de bibelots, quelques œuvres d'art contemporain au mur...

Elle acheva sa visite par un examen de la cuisine, petite et fonctionnelle. Pas de doute, Harry aimait que règnent à la fois l'ordre et l'harmonie. Tout le contraire de son petit nid à elle, encombré et confortable, toujours plein d'amis et de parents.

— Mets-toi à l'aise pendant que je me douche, proposa Harry en sortant d'un placard deux splendides verres à pied en cristal de Baccarat et un tire-bouchon. Tu n'as qu'à choisir le vin si tu veux.

Il désignait un casier à bouteilles posé sur le bar.

— Lequel coûte le plus cher ? se moqua Ellen.

— Ils sont tous plus chers les uns que les autres ! répondit Harry en riant. Certains valent plus que ta camionnette !

Il l'enlaça et l'embrassa doucement sur les lèvres.

— Mais fais comme chez toi...

Un sourire troublé dansait sur les lèvres d'Ellen.

— J'en ai bien l'intention.

Dix minutes plus tard, rasé de près et les cheveux encore un peu humides, Harry regagna le salon. La chaîne diffusait un air de jazz mélancolique et Ellen était nonchalamment étendue sur le canapé, les jambes sur l'accoudoir. Il ne voyait d'elle que ses longues jambes fuselées battant le rythme. Faisant le tour du canapé, il la trouva étendue, ses beaux cheveux blonds déployés sur un coussin.

Elle était absorbée dans la lecture de... son agenda bordeaux ! Et le noir était par terre, près du canapé !

Quoi, elle avait fouillé dans ses affaires ?

— C'est intéressant ? lança-t-il, à la fois furieux et stupéfait.

— Quelle rapidité ! se contenta-t-elle de répondre, faisant semblant de ne pas avoir entendu.

— Qu'est-ce que tu fabriques, Ellen ?

Elle le fixa avec un petit sourire mutin.

— Je voulais apprendre à mieux te connaître...

— Et pour ça, tu es prête à farfouiller dans mes tiroirs ? lança-t-il en montrant le grand bureau de chêne qu'elle avait manifestement exploré

— Je plaide coupable ! Mais je n'ai pas farfouillé, ils étaient juste posés sur le dessus.

— Là où je les avais laissés, martela Harry. A leur place, quoi !

Comprenant qu'il était réellement irrité, elle lança d'une toute petite voix :

— Désolée, Harry... Je ne pensais pas à mal.

— Tu es pardonnée.

Mais il ne pouvait pas détacher son regard de l'agenda bordeaux ouvert sur ses genoux, rempli de notes personnelles sur ses relations de travail. Quant à l'autre, le noir... Rempli de noms de femmes, de petits mots doux, presque un journal intime ! Oh, pourvu qu'elle ne l'ait pas feuilleté !

Mais à son air détendu, peut-être pouvait-il espérer que... ?

— Ta méthode pour profiler les clients est excellente, remarqua-t-elle.

— Merci.

— Stuart a les mêmes, non ?

— Oui, c'est lui qui m'a appris cette technique.

— A-t-il lui aussi inscrit mon nom, en rouge, comme ici ?

— Non, en bleu.

Il sourit, comprenant qu'il tenait là un bon moyen de redresser la situation.

— Moi, j'ai utilisé le rouge pour pouvoir te repérer immédiatement. Parce que...

Sa voix baissa d'un ton.

— ... parce que je ne peux pas me passer de toi, Ellen.

N'osant croiser son regard, il se pencha pour ramasser l'agenda noir.

— Un vrai... livre noir, cet agenda, n'est-ce pas ? murmurat-elle en le regardant fixement.

Il tressaillit. Zut ! Elle l'avait donc feuilleté...

Sans un mot, Harry rangea l'agenda dans un tiroir de son bureau.

La jeune femme avait pris un verre de vin entre ses doigts.

— Hé là, ce n'est pas le mien, celui-là ? protesta-t-il en voyant un verre vide posé sur la table.

Pour toute réponse, elle se contenta de lâcher un petit gloussement, et il la fixa avec inquiétude. N'était-elle pas déjà un peu pompette ?

— Tu as trop bu, Ellen..., s'esclaffa-t-il en lui reprenant le verre des mains.

— C'est que j'avais besoin d'un coup de fouet pour affronter la triste réalité..., soupira-t-elle, le regard un peu vague. Nous avons passé une journée merveilleuse, mais tout a une fin, n'est-ce pas ? Un jour ou l'autre il faudra reprendre le train-train... et ça m'attriste.

— Allez, oublions ce monde cruel !

Il vida son verre et s'en servit un autre. Mais comme Ellen réclamait aussi sa pitance, il refusa.

— Comme tu es dur avec moi, Harry !

— Avec tout le monde, tu veux dire !

Sans crier gare, la jeune femme se leva et se blottit contre lui.

— Mmm... tu es encore tout humide ! soupira-t-elle en glissant sa main sous l'encolure de son peignoir de bain d'un blanc immaculé.

Sentant aussitôt son désir s'embraser, Harry posa son verre sur la table basse et fixa, comme hypnotisé, le décolleté laiteux que révélait l'échancrure du chemisier de la jeune femme.

Dans le regard d'Ellen se lisait le même désir.

— Comme j'ai envie de toi..., lui chuchota-t-il à l'oreille.

Il frissonna quand Ellen fit glisser son peignoir sur ses épaules, le dénudant jusqu'à la taille. Le regard rêveur, elle caressa ses épaules, traça de sensuelles arabesques dans la toison de son torse, puis promena délicatement la langue sur sa peau. Ce contact humide et chaud eut sur Harry l'effet d'un massage thaïlandais.

Electrisé, il déboutonna d'une main tremblante le chemisier

de la jeune femme puis chercha à tâtons la fermeture Eclair de son short, qu'il tira d'un coup sec.

Ellen étouffa un gémissement en se retrouvant à moitié nue dans les bras de son compagnon. Comme elle était avide de lui, de ses caresses... D'une main impatiente, elle le déshabilla à son tour, puis le fit basculer sur le canapé et s'assit à califourchon sur lui.

Ivre d'émotion, Harry sentit tout son corps s'enflammer au contact de ce corps offert. Il fit remonter sa main le long de la cuisse d'Ellen, effleura ses fesses, puis glissa jusqu'au cœur moite qui battait entre ses jambes.

Il s'attarda longuement, découvrant, explorant, provoquant de longs soupirs de volupté chez sa compagne éperdue.

Puis ce fut au tour d'Ellen d'infliger à son compagnon la plus délicieuse des tortures.

Bientôt, ils ne purent plus attendre, et il la prit. Ellen crut défaillir de bonheur, tandis que Harry s'enfonçait en elle de toute la force de sa virilité. Les yeux fermés, elle se cambra sous l'assaut, et, agrippée aux belles épaules de son amant, elle suivait le rythme sauvage de leur étreinte, entièrement absorbée par le plaisir qui montait en elle.

Leur jouissance explosa au même instant avec la force d'un cyclone. Et quand leurs corps dévastés furent désertés par le tourbillon de sensations qui venait de les traverser, Ellen s'effondra contre son compagnon.

Harry frissonna, la tenant serrée contre lui, sans un mot.

Ils restèrent ainsi immobiles et silencieux pendant un moment. Jamais Harry n'avait éprouvé une telle sensation de plénitude et de bonheur. Il aimait cette femme, c'était désormais une certitude. Et il avait envie de l'épouser...

Oui, pour la première fois de sa vie, il envisageait sérieusement le mariage.

Si seulement il avait pu la convaincre qu'ils n'avaient rien à perdre... et tout à gagner !

11.

Il était environ minuit quand Harry gara la jeep non loin de la boutique d'Ellen.

— Tu vois, ta précieuse voiture de sport est toujours là..., fit-elle remarquer en riant.

— Crois-tu que Mark a été contrarié qu'on lui emprunte la jeep ?

— Oh, il n'avait qu'à se déplacer en bus ou en camionnette !

Tendrement enlacés, ils se dirigèrent vers le perron, encore tout alanguis par leur longue joute amoureuse. Ils avaient fait l'amour encore et encore, et c'était comme si leurs corps en gardaient l'empreinte.

Secrètement, Harry espérait bien que la soirée se prolongerait encore un peu...

— Et si Mark voulait impressionner sa petite amie en l'emmenant faire un tour en jeep ? reprit-il pour prolonger la conversation.

— Bah, depuis le lycée, ce sont toujours les filles qui passent le chercher... en roller, à vélo ou en scooter !

Ellen pénétra dans la boutique et, sans un mot, Harry s'engouffra derrière elle.

— J'ai parfois l'impression que Sabrina est la seule fille en ville à ne pas lui courir après..., reprit-elle en refermant la porte.

— Comment oses-tu parler de moi dans mon dos ? lança

soudain la voix de l'intéressée, les faisant sursauter tous les deux.

— De nous, Sab..., corrigea Mark dans la pénombre.

Médusés, Harry et Ellen scrutèrent l'obscurité et finirent par distinguer à la faible lueur de la veilleuse trois silhouettes installées sur les chaises Louis XV.

Sabrina, Mark et... Stuart !

— Alors... tu lui as parlé de notre projet ? lança Stuart à Harry sans préambule.

— Quel projet ? s'écria Ellen, un peu irritée.

— Ça fait deux heures que nous attendons la réponse ! reprit Stuart avec une pointe d'irritation. N'y a-t-il pas un endroit où on pourrait en parler tranquillement ?

— Suivez-moi..., se résigna la jeune femme en prenant le chemin du premier étage.

Bien décidée à tirer tous ces mystères au clair, elle gagna sa cuisine pour préparer du café à tout le monde. Harry lui emboîta le pas.

— Pardon pour toutes ces complications..., murmura-t-il en l'enlaçant. J'aurais dû te parler plus tôt.

Elle le fixa, le cœur battant.

— Pour me dire quoi, Harry ?

Il n'hésita que quelques secondes.

— Pour te demander de m'épouser, Ellen...

— C'est la seule manière de sauver notre réputation à tous, Ellen ! renchérit la voix de Sabrina.

Moulée dans un fourreau violet, l'actrice se tenait sur le seuil et n'avait manifestement pas perdu un mot de leur échange.

— Sauver ta réputation, Sab ? bredouilla Ellen, scandalisée. Tu manigances un plan pour épouser Harry contre son gré, et maintenant c'est moi qui devrais me sacrifier pour te sortir du pétrin ?

Mais Sabrina, tournée vers ses deux compagnons masculins, ne l'écoutait plus.

— Vous voyez qu'elle comprend ! Je ne sais pas pourquoi vous étiez si inquiets ! Ellen a toujours su m'aider !

Mais Harry avait dardé sur l'actrice un regard menaçant.

— J'ai deux mots à te dire, Sabrina... Et ce n'est pas en refusant de répondre au téléphone que tu résoudras la situation !

Aussitôt, Sabrina se réfugia dans les bras de Stuart.

— Bon, j'admets que je n'aurais pas dû organiser ce mariage, murmura-t-elle d'une toute petite voix. Je... je pensais vraiment que tu serais aux anges d'être mon mari.

Elle renifla, emprunta un mouchoir à Stuart, et se tapota le bout du nez.

— Tu étais différent des autres, si attentif aux petits détails personnels, à ma vie. Je... je n'ai pas l'habitude de ce genre d'attentions... Du coup, j'ai... j'ai cru que je comptais vraiment pour toi !

— Allons, allons, ma chère..., lui murmura Stuart à l'oreille d'un ton qui se voulait rassurant, avant de jeter à Harry un regard noir.

— Satisfaire la clientèle peut mener trop loin, Harry...

Principe que Stuart était en train de piétiner allègrement, songea Harry, dégoûté.

— Sabrina n'est même pas mentionnée dans mon agenda noir ! soupira-t-il. Preuve que mon intérêt pour elle était strictement professionnel !

Ellen ajouta d'un ton hautain :

— C'est la vérité, Sabrina. J'ai vérifié moi-même. Si tu avais pris le temps de fouiner un peu dans les papiers de Harry, tu aurais su à quoi t'en tenir.

— Mais personne ne pense à moi, dans cette histoire ! ragea Sabrina, les poings serrés. Je me suis ridiculisée ! Tout le monde pense que tu m'as piqué mon fiancé !

— Et c'est très exactement ce qui s'est passé, observa Mark d'un ton flegmatique.

Sabrina frémit avant de poursuivre avec une hargne contenue :

— Ça non ! Les hommes ne plaquent pas Ava ! C'est elle qui les plaque !

Ellen eut un sourire incrédule.

— Mais ce n'est qu'un rôle, Sabrina ! Les gens...

— Les gens m'identifient à elle ! Et je dois rester à la hauteur de mon personnage, il y va de mon honneur...

Ellen fixa son amie en s'efforçant de rester calme.

— Je ne vois pas ce qu'annoncer notre mariage changerait pour toi, de toute façon !

— A vrai dire, j'ai un autre projet en tête, intervint Stuart. Harry était censé le mettre en œuvre aujourd'hui.

Ellen décida de servir le café dans le salon pendant que Stuart leur exposait les grandes lignes de sa stratégie.

— Notre but principal, c'est de prouver à la presse que c'est Sabrina qui a laissé tomber Harry, et pas l'inverse ! commença-t-il avec l'enthousiasme d'un général en campagne.

— Et pour ça, comment nous y prendrons-nous ? s'enquit Ellen en posant le plateau.

— En prétendant que la réception était destinée à célébrer vos épousailles, à Harry et vous...

Elle fronça les sourcils.

— Ce qui mettrait Sabrina hors de cause.

— Exactement ! Bien sûr, Terence Chapman et Claude, le chef, pourraient toujours démentir... Mais je doute qu'ils le fassent, vu l'argent qu'ils ont déjà touché ! Et ce sera notre parole contre la leur. Si notre version est crédible et colle avec les photos, nous aurons une chance de voir les choses se tasser.

— Tu vois, Ellen ? triompha Sabrina. Si c'était pour te demander en mariage que Harry s'était caché dans ta camionnette, tu ne passerais plus pour une voleuse de fiancés !

— Auprès de clients pas trop perspicaces, en tout cas ! ajouta Stuart.

Ellen fixait son amie.

— Tu crois vraiment que j'ai délibérément cherché à jouer double jeu, Sab ?

— Pas... délibérément, admit l'actrice dans un souffle. Mais qui sait ce qu'aurait fait Harry, si tu ne l'avais pas séduit ?

L'intéressé lâcha une exclamation sans équivoque.

— Nous cherchons seulement à vous aider, Ellen, reprit Stuart d'un ton qui se voulait rassurant.

— Ah oui ? Eh bien moi, je crois surtout que vous cherchez à protéger vos intérêts, monsieur Wainwright ! Et ceux de votre firme. Ça ne vous plaît pas beaucoup que les journaux fassent des gorges chaudes de votre plus brillant poulain, n'est-ce pas ?

Une lueur d'admiration passa dans le regard de Stuart.

— Je constate avec plaisir que vous êtes aussi intelligente que jolie, Ellen ! Effectivement, je n'aime pas voir mes cadres être la risée de tous.

— Personne n'aime être ridiculisé, à vrai dire. Ni Harry ni moi ne voulons mettre notre carrière en péril.

— Moi non plus ! glapit Sabrina.

Respirant à fond, Ellen les regarda tous, assis en rang d'oignons sur le canapé.

— Bien, supposons que j'admette devant la presse que Harry m'a demandée en mariage... Pourquoi ne pas dire tout simplement que j'ai refusé sa proposition ? Comme ça, Sabrina serait hors de cause, et Harry et moi n'aurions pas à nous livrer à la petite comédie que vous envisagez !

Un concert de protestations s'éleva du canapé.

— Hors de question ! lâcha Harry. Je n'ai déjà pas le beau rôle dans cette histoire, alors pas la peine d'en rajouter en me faisant jouer les pauvres types éconduits !

— Mais de là à se fiancer pour la galerie... les gens vont croire que c'est pour de bon !

— Précisément, acquiesça Stuart.

Ellen tourna vers lui un regard médusé.

— Pardon ?

— Vous m'avez parfaitement entendu, Ellen. Non seulement je veux que vous vous fianciez... mais aussi que vous épousiez mon protégé ! Pour de bon ! Tout de suite. Sans délai !

Ellen demeura un long moment silencieuse, avant d'articuler, la voix faible :

— Il n'en est pas question.

— Vous n'auriez même pas à consommer ce mariage ! se hâta de préciser Stuart. Et un an plus tard, il serait aisé de demander le divorce.

Un pâle sourire éclaira le visage d'Ellen

— Bigre ! Comme c'est alléchant... !

— Reconnaissez au moins que vous appréciez beaucoup Harry...

Ellen devint cramoisie.

— Justement...

Le cœur battant, Harry guettait ses réactions et ne put retenir un petit mouvement de déception...

... qu'Ellen lut dans son regard, car elle déclara d'un ton vengeur :

— Tu préfères ta carrière à... nos projets personnels, n'est-ce pas ? Tu ne trouves pas cela inouï d'envisager le mariage, alors que nous y sommes tous les deux opposés par principe ?

Harry ferma les yeux, écartelé. Elle n'avait pas tort.

Mais était-ce sa faute si sa rencontre avec Ellen avait tout chamboulé dans sa vie, jusqu'à ses convictions les plus intimes ?

Ellen le scrutait avec anxiété.

— Tu ne te rends pas compte que cette comédie du mariage risque de tout gâcher entre nous ?

Il préféra opter pour la gaieté.

— Oh, qu'en sais-tu, après tout ?

Mais il se rembrunit bien vite. Sans crier gare, Ellen avait traversé la pièce comme une flèche pour ouvrir grand la porte d'entrée.

— Dehors tout le monde ! Allez, ouste ! Je ne veux plus voir personne.

Il y eut quelques instants de flottement, avant que ses hôtes ne se décident à se lever en grommelant.

— Bon sang, Ellen, pense au moins à moi, ton propre frère ! essaya quand même de plaider Mark. Je ne peux pas continuer à assumer ton travail, moi ! Je n'en peux plus des mères acariâtres et de leurs chipies de filles ! Le salon du mariage approche, tu ne veux quand même pas que j'enfile ta robe de mariée pour vanter nos services !

La jeune femme se contenta de répondre, très digne :

— Fais comme tu le sens, Mark. Je ne t'oblige pas à rester...

Haussant les épaules, Mark battit en retraite :

— Et quand je pense que tu es allée chez mamie à ma place, hier ! Décidément, tu ne tournes pas rond ! Je veux que tout redevienne comme avant !

Haussant les épaules, Ellen se contenta de tous les pousser dehors et de leur claquer la porte au nez.

Il était 2 heures du matin quand retentit la sonnerie du téléphone. Ellen s'étira sous sa couette, décrocha et marmonna la bouche pâteuse :

— A qui que ce soit... ce numéro est hors-service !

— Tu refuses de me parler, Ellen ?

C'était Harry. Il y eut un court silence.

— Pour tout t'avouer, je ne m'attendais pas à avoir de tes nouvelles de sitôt.

— Je ne voulais pas qu'on se quitte comme ça.

Ellen s'assit dans son lit, tirant sur sa chemise de nuit qui tire-bouchonnait.

— Je n'ai pas changé d'avis, tu sais...

— Je m'en doute... Non, je voulais juste m'excuser pour l'attitude tyrannique de Stuart. C'est un grand obsessionnel, et ses sentiments pour Sabrina n'arrangent rien !

— Alors pourquoi ne se dévoue-t-il pas à la cause commune ? Il ferait un parfait fiancé, tout dévoué à sa future épouse ! Et en plus, il semble quelque peu obsédé par le mariage, en ce qui nous concerne, du moins !

— Ecoute, Ellen, je suis vraiment désolé de ne pas t'avoir parlé plus tôt de ce projet, mais on était si bien ensemble que je n'ai pas voulu rompre le charme.

— Et qu'aurais-tu fait demain si les autres n'avaient pas délibérément accéléré le processus, ce soir ?

Harry étouffa un soupir.

— Très franchement... je n'en sais rien. Je suppose que j'aurais fini par mettre le sujet sur le tapis... en prenant des tas de pincettes, bien sûr.

— Mais au fond, ça n'aurait pas fait une grande différence, n'est-ce pas ?

— Peut-être pas... Car je brûle de t'épouser, Ellen. Pour de bon...

— Et surtout pour éviter que le scandale ne nous éclabousse plus encore ? Ou pour sauver la carrière de trois obsédés du boulot ?

— Oui, aussi ! Mais pas seulement, loin de là ! Si seulement tu me laissais m'expliquer... C'est si nouveau pour moi que j'ai du mal à le formuler, à trouver les mots adéquats...

— Oh, Harry, tu n'arrives déjà pas à m'avouer que tu as perdu au golf pour me faire plaisir... comment veux-tu que je te fasse confiance?

Le silence s'installa. N'avait-elle pas raison de se méfier? Elle l'appréciait énormément, bien sûr, mais elle avait aussi tant de bonnes raisons de se méfier?

Comprenant qu'il ne servait à rien d'insister dans l'immédiat, Harry lui souhaita doucement bonne nuit et raccrocha à regret.

12.

— Ellen ! Reviens ! Il faut que tu lises ça !

Sabrina descendait en courant la contre-allée menant à la boutique, en agitant au-dessus de sa tête la livraison hebdomadaire de la *Gazette des Stars*. Mais elle dut s'arrêter en voyant la camionnette rouge tourner dans l'avenue, puis disparaître.

— Pas de veine..., soupira Mark en venant à la rescousse.

Il la prit par le bras pour la ramener à l'intérieur.

— Je t'aurais bien collé un baiser sur la joue, se moqua-t-il, mais je n'ai aucune envie de faire les gros titres des journaux...

— Tu parles, tu en serais enchanté, oui ! rétorqua l'actrice en lui donnant une tape sur la tête de son journal replié.

Mark frémit en voyant rôder sur le trottoir d'en face un homme qui ressemblait diantrement à un paparazzo.

— Montons chez Ellen, veux-tu ?

Une fois en haut, Sabrina se détendit un peu et retira jean, casquette et chemisette pour révéler son impeccable silhouette moulée dans un justaucorps bleu électrique.

— Tu veux quelque chose à boire ? Ou à manger ? proposa-t-il en gagnant la petite cuisine.

— Non merci... J'ai pris ma boisson protéinée au studio, pendant que l'équipe de *Cœurs troublés* me maquillait.

Mark enveloppa d'un regard gourmand sa silhouette de rêve, avant de murmurer :

— Comment fais-tu pour supporter un régime aussi strict ?

— Oh, je n'ai pas le choix, ça fait des années que je suis

obligée de surveiller sans arrêt ma ligne... Crois-tu que les journalistes mettront longtemps pour débusquer Ellen au Salon du mariage ?

— Je n'en sais rien... Je n'en peux plus de ce harcèlement... Dire que cela fait deux semaines qu'Ellen a refusé l'offre de Harry, et que, depuis, la *Gazette des Stars* ne nous lâche pas ! J'admire Ellen d'avoir eu le cran d'aller au Salon du mariage !

Hochant la tête avec irritation, il se pencha pour examiner le nouveau scoop de la *Gazette*. Deux photos de paparazzi s'étalaient à la une du journal : la première représentait Ellen en train de laver la camionnette sous le regard béat de Harry. « La camionnette de l'amour, parée pour une nouvelle escapade », précisait la légende. Sur le second cliché, pris de nuit au téléobjectif, on voyait Sabrina et Harry debout dans la rue, à côté de la Porsche, avec en arrière-plan la vitrine de Félicité Plus. La photo était sous-titrée : « Le double jeu du financier ».

— C'est quand même incroyable ! fulmina Mark. Quel culot ont ces journalistes...

— Tu veux dire que c'est dégoûtant ! renchérit à son tour Sabrina, au bord des larmes. Utiliser cette photo, alors que Harry et moi étions en train de nous disputer ! Et que ce salaud...

— Allons, Sab, ne pense plus à cette histoire... Tu t'es trompée, ça arrive à tout le monde. En amour, il est souvent difficile d'y voir clair..., murmura Mark en détournant les yeux, le cœur soudain gros.

— Oui, tu dois avoir raison.

Elle lâcha un grand soupir.

— De toute façon, j'ai Stuart maintenant, n'est-ce pas ?

Un rictus amer se dessina sur les lèvres de Mark.

— Oui... ton vingtième papa chéri.

Elle allait se lancer dans un torrent d'imprécations quand il lui saisit le poignet et la força à le regarder.

— Que fais-tu ? s'exclama-t-elle, les yeux écarquillés.

Immobile, Mark se contentait de la regarder fixement. Ils restèrent ainsi un long moment, puis lentement le jeune homme lâcha prise.

— Rien... C'est juste que l'espace de quelques secondes, j'ai été stupéfait de te voir sans maquillage... C'est si rare !

144

Pour se donner une contenance, il reprit la lecture de la *Gazette des Stars*.

— Cet article donne à penser qu'Ellen et toi êtes toujours en train de vous chamailler pour Harry, et qu'il cherche à tirer les marrons du feu..., remarqua-t-il.

Sabrina étouffa un gémissement.

— Tais-toi, je sais bien ! Ce qui me vaut des regards de compassion de mes fans, et des blagues goguenardes sur le plateau ! Il faut absolument trouver une parade, Mark !

« Nous marier, peut-être ? » faillit-il lancer. Mais Sabrina n'aurait sans doute pas apprécié son humour aigre-doux. Apparemment, tout ce qu'il pouvait espérer, c'était de vieillir d'un coup pour qu'elle s'intéresse enfin à lui.

— Moi, je suis persuadée que Harry est incapable d'aimer quelqu'un d'autre que lui ! reprit-elle avec hargne.

— Oh, Sab, uniquement parce qu'il t'a repoussée...

— Tais-toi ! Je me suis définitivement remise de cette histoire idiote ! Ça ne m'empêche pas de juger sévèrement les hommes comme Harry, les lâches qui passent leur vie à se défiler devant leurs responsablités.

— Tu exagères un peu ! Moi, je trouve qu'Ellen aurait dû l'épouser.

— Quoi ? Mets-toi à ma place, pour une fois !

— Oh, je n'arrête pas ! répliqua Mark avec humeur.

Il jeta sans ménagement le magazine sur la table basse.

— Vous n'êtes plus les mêmes, Ellen et toi ! soupira-t-il. Vous ne croyez plus à l'amour... Et vous foncez droit dans le mur !

— Là n'est pas la question ! Il s'agit de ré-flé-chir pour trouver une solution !

Ils cogitèrent une dizaine de minutes.

— Je ne vois qu'un mariage entre Ellen et Harry, finit par soupirer Mark au bout d'un moment. Pour toi aussi, d'ailleurs, ce serait mieux...

Sabrina demeura songeuse.

— Tu sais, j'ai bien réfléchi pendant ces deux longues semaines... Et je suis arrivée à la conclusion que je ne pouvais pas me passer de l'amitié d'Ellen ! Je ne veux que son bien.

145

Mark la fixa avec tendresse.

— Ravi de te l'entendre dire !

— ... Raison pour laquelle je pense qu'il faut respecter sa décision de ne pas épouser Harry, continua Sabrina, imperturbable. Elle courait droit à l'échec.

— Je ne crois pas, dit Mark d'une voix lente. Si elle hésite, c'est parce qu'elle en meurt d'envie, au contraire ! D'un coup de baguette magique, elle ferait taire la presse, réussirait un coup de pub magistral pour Félicité Plus et...

— Et moi, j'aurais l'air de quoi ? fulmina Sabrina.

Mais l'attention de Mark était fixée ailleurs. Claquant des doigts, il se leva d'un bond et fila vers le placard du vestibule, dont il émergea une minute plus tard en arborant le chapeau porte-bonheur de Harry.

— Comment, vous avez encore cette vieillerie ? demanda l'actrice avec une moue dégoûtée.

— Ellen devait le lui rendre. Il est peut-être temps que nous le fassions à sa place, non ?

— Qu'est-ce que ça changera ?

— Tu verras bien... D'abord, occupe-toi de localiser Harry !

— Mais comment ? Stuart m'a dit que le bureau était en état d'alerte rouge !

— Justement ! Tu es la seule à pouvoir franchir le barrage, ma belle. Ce vieux schnock ne jure que par toi, tu lui ferais prendre des vessies pour des lanternes.

— Et alors ?

— Alors appelle-le, et trouve un prétexte quelconque pour parler à Harry !

— Mais lequel ?

— Tu es actrice, oui ou non ? Joue les femmes éplorées, dis-lui qu'il a conservé les clés de ton coffret à bijoux par exemple.

Elle réfléchit un instant.

— Je pourrais dire qu'il a le double de mes clés de voiture...

— Tu vois, quand tu veux !

Il serra contre lui le corps gracile de l'actrice, mais elle se dégagea aussitôt comme s'il la gênait en enchaînant :

— Pourquoi ne pas mettre Stu dans la confidence ?

146

— Parce qu'il ne résisterait pas à l'envie de placer son grain de sel.

Le regard de Sabrina s'assombrit.

— Attention, mon vieux ! Tu parles de l'homme qui pourrait bien devenir mon futur mari...

— Beurk ! la nargua Mark en lui fourrant d'autorité le portable d'Ellen entre les mains.

Ellen était une habituée du Salon du mariage de Los Angeles, pour y avoir assisté régulièrement durant de nombreuses années. Mais c'était la première fois qu'elle y tenait un stand. Et malgré la situation, elle n'avait pu se résoudre à laisser son frère jumeau la remplacer. Tant pis, elle assumait le risque de se faire agresser par un journaliste en goguette.

Car depuis Noël, elle travaillait d'arrache-pied pour concevoir la robe de mariée destinée à incarner Félicité Plus, qu'elle comptait exposer dans la vitrine du magasin. Aidée par un ami de Sabrina, décorateur à Hollywood, elle avait opté pour une robe à crinoline en shantung avec un empiècement en dentelle de Venise, des manches ballon qui mettaient en valeur ses jolies épaules et une longue traîne. Et comme touche finale, un diadème délicatement ouvragé qui laissait s'échapper un fin voile de soie gansé de satin tombant jusqu'à la taille.

Et ce salon était l'occasion unique de présenter l'objet à ses futurs clients ! Même s'il fallait continuer à démentir les rumeurs scandaleuses qui l'entouraient, le jeu en valait la chandelle, non ?

D'ailleurs, il lui faudrait bien, tôt ou tard, renouer avec le cours normal de son existence. Une existence qui, dans l'immédiat, lui semblait bien lourde à porter...

Cela faisait maintenant quinze misérables jours qu'elle n'avait pas eu de nouvelles de Harry. Et depuis qu'elle avait confié à Mark la gestion du magasin, tout était allé de mal en pis : il était rentré par inadvertance dans une cabine d'essayage occupée, avait confondu une fille et sa mère, envoyé un chœur de chanteuses à des célibataires qui enterraient leur vie de garçon, et une strip-teaseuse à un thé de dames patronnesses.

Elle-même s'était perdue en ville à plusieurs reprises en effectuant des livraisons, tournant en rond des heures durant dans des quartiers malfamés.

Bref, un cauchemar pour l'un comme pour l'autre...

Du coup, le salon lui apparaissait presque comme une pause salutaire.

Sauf qu'elle n'appréciait guère les regards curieux qui commençaient à converger sur elle.

Harry aurait juré voir un ange.

Dans son stand d'osier blanc tressé de feuilles de vigne, vêtue de la plus merveilleuse robe de mariée qu'il ait jamais vue, elle était la beauté et la grâce incarnées.

Elle avait dû se rendre à l'évidence..., conclut-il avec émotion. Le seul moyen de sauver leurs carrières, leurs réputations, et son cœur en charpie, c'était un mariage fort à propos.

Et avec son chapeau porte-bonheur sur la tête, il se sentait invincible.

Portant la main à sa tête pour s'assurer que le couvre-chef était toujours en place, il fendit la foule, en majorité féminine, pour se frayer un chemin vers le stand.

Ellen ne le vit pas arriver, car elle était en grande conversation avec une jeune femme.

Mais soudain, du coin de l'œil, elle reconnut l'affreux chapeau tout cabossé.

— Harry !

Un mélange de surprise, de bonheur et d'effroi écarquillait ses yeux quand elle se tourna vers lui. Comprenant qu'elle était de trop, son interlocutrice se hâta de prendre congé en emportant un bouquet de fleurs d'oranger.

Le regard de la jeune femme ne pouvait se détacher de Harry. Comme il était beau ! Et si sexy... Mais à quoi rimait ce sourire bizarre ? Et le chapeau ? Ne s'étaient-ils pas quittés dans les plus mauvais termes ? Alors pourquoi cette mine extatique ?

— J'ai retrouvé mon chapeau ! s'exclama-t-il en guise de préambule.

— Ah... ah oui ? bredouilla-t-elle, abasourdie.

Elle haussa les sourcils, totalement dépassée. Comment diable ce chapeau était-il sorti du placard pour atterrir sur la tête de Harry?

Il plongea son regard dans le sien.

— Je suppose que tu es d'accord, n'est-ce pas?

— P... pardon?

— Pour le mariage.

Il y eut un silence interloqué.

— Tu n'as pas l'air de comprendre, Ellen.

— C'est futé de ta part de le remarquer!

— Mais le chapeau! dit-il, sentant son courage vaciller. Et... et le petit mot!

N'y comprenant décidément plus rien, Ellen recula d'un pas.

— Il y avait un mot avec le chapeau?

— Mais oui, voyons!

Ellen ne put retenir un petit sourire.

— Tu t'es fait avoir, Harry. Je ne t'ai pas envoyé le moindre message. C'est un coup monté...

Sous le choc, il ne vacilla que quelques secondes.

— ... Mais génialement préparé, je dois le dire!

— Oh, Harry! Que s'est-il passé?

Ellen se sentait faiblir.

Il fit un pas vers elle.

— J'ai... j'ai reçu le chapeau avec un mot me disant que tu étais prête pour la cérémonie. Que tu serais habillée et que tu m'attendrais ici, à ton stand! Et c'est le cas!

— Mais pourquoi ne pas m'avoir appelée pour confirmer?

Harry la fixa comme si elle avait perdu la raison.

— A quoi bon? Le mot disait bien que...

— Il n'est pas de moi, Harry!

— Mais moi je l'ai cru... J'ai suivi les instructions, je suis venu, j'ai amené un prêtre.

— Un... prêtre?

Elle laissa échapper un petit cri. Dans le dos de Harry, elle repéra un homme mûr en habit sombre.

— Mais jamais je ne t'ai demandé une chose pareille!

— Comment pouvais-je le savoir?

— Tu l'aurais su, si tu m'avais appelée plus souvent!

149

Harry était blême, maintenant.

— C'est toi qui m'as laissé tomber, Ellen!

— Mais pas complètement, Harry! En fait, depuis la nuit que nous avons passée ensemble, je... je ne suis plus moi-même. S'il n'y avait pas eu ce projet de mariage idiot...

N'en pouvant plus, il l'enlaça impétueusement.

— Mais justement, mon amour! Je veux t'épouser! Pour de vrai!

Ellen sentit des larmes lui picoter les yeux.

— Oh, si seulement nous pouvions tout reprendre de zéro! Je suis sûre que c'est Mark qui a tout manigancé...

— Sans doute, concéda Harry en relâchant un peu son étreinte. Mais c'était pour ton bien.

— Comment ça?

— Oh, Ellen, j'aurais préféré ne pas avoir à te le dire, mais la *Gazette des Stars* a encore frappé!

— Non?

Visiblement ébranlée, elle s'appuya sur un des piliers recouverts de lierre qui supportaient son stand.

Harry avait déjà sorti de la poche intérieure de son smoking une feuille de papier journal qu'il lui tendit. Le cœur serré, la jeune femme déplia l'article et s'absorba dans sa lecture.

— Quelle horreur! soupira-t-elle quand elle eut terminé.

— Le cliché a été pris au téléobjectif... Au moins, ces salopards n'entendaient pas ce que nous disions...

— Et cette photo avec Sabrina? De quand date-t-elle? ne put-elle s'empêcher de lancer avec aigreur.

Harry dut retenir un petit cri de joie. Si elle était jalouse, c'était donc bien que...

— De la nuit où tu nous as fichus dehors, répondit-il en essayant de garder son sérieux. Regarde de près, on voit la boutique en arrière-plan... Et Stuart se trouvait à quelques mètres de là, debout au coin de la rue, attendant son chauffeur.

Ellen soupira, visiblement dépassée.

— Après un article comme ça, c'est sûr, la boutique va couler pour de bon! Je n'ai plus qu'à me marier... ou à pointer au chômage!

— Te marier? Oui, c'est peut-être la meilleure solution... Et c'est moi qui irai pointer pour toi tous les jours.

L'amusement fit pétiller le regard de la jeune femme.

— Je suis touchée, Harry ! Mais tu sais bien que tu dépérirais, sans travail.

— Oh, le processus est enclenché, j'ai déjà perdu deux tailles de costume ! déclara-t-il tristement.

— Je suis vraiment désolée... pour tout ce qui s'est passé. Vraiment !

La détermination fit scintiller le regard de son compagnon.

— Si seulement je pouvais te convaincre qu'avec moi tu serais enfin heureuse !

Il lui prit la main.

— Comment faut-il que je m'y prenne ? En te faisant une déclaration à genoux ? Un mot de toi et j'obéis.

Ellen tremblait d'émotion.

— Et si ce n'était... qu'un feu de paille ? chuchota-t-elle.

— Comment peux-tu dire une chose pareille ? Veux-tu une preuve de la profondeur de mon amour ? Allez, maintenant que j'ai retrouvé mon chapeau, je peux bien t'avouer que j'ai perdu exprès au golf, pour te faire plaisir. Ça m'a coûté, mais ça valait la peine.

Ce fut d'une toute petite voix et les joues cramoisies qu'elle consentit enfin à lâcher :

— Moi aussi je t'aime, tu sais...

Harry dut se retenir pour ne pas hurler de joie.

— Alors l'avenir est à nous, mon amour !

— Sinon, ce sera un mariage raté de plus... Il y aura des passages difficiles, tu sais...

Un grand sourire irradia le visage de Harry.

— Tout ce que je sais, mon amour, c'est qu'il ne tient qu'à nous d'inventer notre avenir... Comment aurions-nous pu nous contenter d'une « amitié amoureuse », quand nous éprouvons l'un pour l'autre des sentiments si bouleversants ? Seul le mariage peut être à la hauteur d'un tel amour.

— J'admets que j'ai eu beau essayer... je ne peux pas vivre sans toi. Tu as raison, il ne reste que le mariage.

— Et le nôtre n'échouera pas... Je te le jure !

Ellen rajusta son diadème.

— Harry Masters... j'accepte de devenir votre épouse.

Ivre de bonheur, Harry fit aussitôt signe au prêtre de venir.

Et soudain, ils eurent l'impression d'être dans un film en accéléré. Débouchant de l'allée centrale, Sabrina et Mark fonçaient droit vers le stand, suivis d'une meute de journalistes.

— Mark! s'exclama Ellen, alarmée, comme son frère stoppait net devant elle.

— Nous serons vos témoins! annonça-t-il avec fierté, tout en prenant Sabrina par le bras.

— Euh... oui, c'est ce que prévoyait le mot, précisa Harry.

— Tu devrais avoir honte! hoqueta Ellen, ne sachant plus si elle devait rire ou pleurer.

— Et tu as le culot de te plaindre, petite sœur? N'ai-je pas fait le bonheur de ta vie.

— En gage de mon affection, je vous offre une de mes paires d'alliances..., précisa Sabrina en lissant la robe lamé or qu'elle avait passée pour l'occasion.

— Oh, ce n'est pas la peine, je suis venu équipé! précisa Harry.

Sur ces entrefaites, le prêtre s'avança vers eux, mettant un terme à la conversation. A la grande surprise d'Ellen, Harry avait effectivement tout prévu... y compris une licence de mariage.

Une petite troupe s'était amassée autour du stand. Dans un silence quasi religieux, les mariés prononcèrent leurs vœux. Puis l'on signa des papiers, on serra des mains, des joues furent embrassées...

Et ce fut sous un tonnerre d'applaudissements que Harry souleva la mariée dans ses bras pour l'emporter vers la sortie la plus proche.

— Et mon stand? suffoqua-t-elle en s'agrippant au cou de son mari.

— Mark s'en occupera, comme le prévoyait...

— ... le petit mot, compléta Ellen. Eh bien, je ne suis pas certaine que ce soit une bonne nouvelle!

Il l'embrassa amoureusement sur le bout du nez.

— En tant que bourreau de travail, je te comprends, lui glissa-t-il à l'oreille. Mais pas en tant que mari! Pourrais-tu faire abstraction de Félicité Plus... juste pour aujourd'hui?

Sa voix était rauque, ses yeux brillants de désir. Quel mariage de rêve! songea-t-elle en se pelotonnant contre lui, tandis qu'il poussait les portes qui ouvraient sur la rue.

A sa demande, il la posa par terre une fois le seuil franchi.

— Au fait... où allons-nous? s'enquit-elle en relevant sa traîne. Si nous réussissons à échapper aux journalistes, nous aurons de la chance.

— Ne vous inquiétez pas, ma mie, votre attelage vous attend!

Harry désignait d'un geste large une limousine noire garée un peu plus loin.

Dans leur dos, ils entendirent comme un brouhaha de mauvais augure. Visiblement, la presse était à leurs trousses.

Ellen voulut prendre ses jambes à son cou... mais sans prévenir, Harry l'attrapa, la hissa sur son épaule et partit au petit trot.

— Mufle! cria-t-elle en riant. Je ne suis pas un sac de pommes de terre!

— Ne t'en fais pas, dit-il en tapotant sa crinoline, quand j'étais au lycée je travaillais chez un épicier le week-end... et je n'ai jamais laissé tomber quoi que ce soit.

— Y a-t-il une chose que tu n'aies pas faite? s'extasia Ellen le souffle coupé tandis qu'elle rebondissait sur son épaule.

— Je crois n'avoir jamais fait l'amour à une femme mariée.

— C'est une proposition?

— C'est un rêve tout neuf qui va se réaliser.

13.

— Tu as vraiment pensé à tout ! s'enthousiasma Ellen en
grimpant dans la limousine.

Un quart d'heure plus tard, ils s'arrêtaient devant une
auberge de bord de mer, à Santa Barbara.

— Oui, je voulais que tout soit parfait..., murmura Harry en
l'enlaçant.

Ils échangèrent un long baiser voluptueux qui les laissa pan-
telants, et ce fut à regret que Harry lâcha sa nouvelle épouse
pour se munir de son téléphone portable.

— Je voulais appeler Stuart sans tarder pour lui annoncer la
grande nouvelle... Comme ça, il pourra rédiger un communi-
qué à la presse... et aérer mon bureau !

— C'est-à-dire ?

— Depuis deux semaines, je suis consigné à la maison... Je
doute qu'il ait eu l'intention de me licencier, mais ce n'est pas
une position très agréable pour autant !

— Pourquoi ne pas lui donner une bonne leçon... en changeant de travail ?

Harry demeura bouche bée.

— Mais... que pourrais-je faire d'autre ?

— Me seconder au magasin ! Il se peut que nous ayons
rapidement besoin d'un associé..., roucoula Ellen en voulant
enlever son diadème.

Harry l'aida à retirer les épingles.

— Tu n'y penses pas sérieusement, n'est-ce pas ?

La jeune femme éclata de rire.

— Non, rassure-toi... Mais j'en ai assez de travailler avec Mark. Et j'aimerais vraiment qu'il s'occupe de sa vie privée plutôt que de la mienne, pour changer.

— Il est fou amoureux de Sabrina, n'est-ce pas ?

— Elle est la seule à ne pas s'en rendre compte.

— Peut-être faudrait-il... aider un peu le destin ?

— Je ne demande pas mieux !

L'Auberge des Goélands était une vieille bâtisse de pierre située sur un promontoire face à l'océan Pacifique. Construite à la fin du siècle dernier par un capitaine anglais pour sa jeune épouse, la maison possédait un charme désuet qui contrastait agréablement avec les constructions de type méditerranéen plantées un peu partout sur la côte.

Harry et Ellen s'étaient arrêtés en route pour que la jeune femme puisse faire quelques achats, vêtements de rechange et affaires de toilette, ainsi qu'un vaste sac pour contenir le tout. Elle était allée d'un rayon à l'autre, avec sa robe de mariée, s'attirant des regards ébahis. Mais elle n'en avait cure : en compagnie de Harry, elle se sentait toujours d'humeur libre et fantasque.

Cela durerait-il ? La question obsédait Ellen tandis qu'elle allait et venait dans la chambre d'hôtel en rangeant ses affaires.

Assis dans un fauteuil tendu de chintz, Harry la couvait amoureusement du regard. Elle était si désirable dans son body blanc de dentelle, qui moulait sa taille de guêpe. Quant à ses jambes interminables, elles étaient gainées par des bas de soie, également blancs, s'arrêtant à mi-cuisse. La jeune femme était en train de vider le sac qu'elle avait posé sur l'immense lit à baldaquin.

Ce rituel intime émoustillait Harry plus que de raison. Les jolis seins bronzés d'Ellen semblaient palpiter sous la dentelle blanche, la masse blonde de ses cheveux coulait librement sur ses épaules. Des cheveux de fée, une peau soyeuse... De quoi lui faire perdre la tête !

Sentant tous ses sens s'éveiller sous le regard de son mari, Ellen coula vers lui un regard coquin.

— Sais-tu que j'ai toujours eu envie de savoir ce que les mariées portaient sous leur robe ? murmura-t-il en l'enlaçant.

Elle lâcha un petit rire de gorge.

— Et tu as tout fait pour le savoir...

— Viens par ici, toi.

Elle se dégagea souplement.

— Attends ! Je n'ai pas fini de défaire mes bagages ! Quel impatient...

Mais déjà il l'avait ramenée dans ses bras.

— Tu oublies qu'une femme doit respect et obéissance à son mari ?

La faisant basculer sur ses genoux, il enfouit son visage entre ses deux seins.

— Ellen..., souffla-t-il.

— Oui, mon amour ?

— Je... je voulais juste te dire que je suis fou de bonheur de t'avoir épousée.

Éperdue, elle se serra contre lui.

— Oh, Harry... Cette journée a été si magnifique !

— Et maintenant, si nous commencions notre lune de miel ? Une lueur sensuelle dansa dans le regard de Harry.

— Ma première femme mariée !

— ... et ta dernière ! s'esclaffa Ellen en s'abandonnant dans ses bras.

Harry commença à caresser sa peau douce et tiède.

— Rappelle-moi de brûler mon agenda noir...

Le prenant par sa cravate, elle l'entraîna jusqu'au vaste lit.

— C'est vrai... A compter d'aujourd'hui, tu n'en auras plus besoin !

— Réveille-toi, ma chérie ! Il faut absolument que tu voies ça !

Les yeux encore fermés, Ellen enfouit sa tête dans l'oreiller.

— Encore ? Mais tu es insatiable !

— Non, ce n'est pas ça, mon cœur ! Allez ! Réveille-toi ! Il fait jour...

Étouffant un bâillement, la jeune femme consentit à soule-

156

ver ses paupières gonflées. Harry lui avait fait l'amour toute la nuit avec fougue et passion, et elle se serait volontiers octroyé quelques heures de sommeil supplémentaire...

... D'autant qu'elle trouva Harry scotché devant la télévision. Quoi, c'était pour ça qu'il l'avait réveillée?

— Qu'est-ce qui se passe? maugréa-t-elle en se dressant tant bien que mal sur son séant.

Mais l'image qu'elle aperçut sur l'écran la réveilla d'un coup.

— Quoi? Ne me dis pas qu'il y a des journalistes dans le hall de l'hôtel!

— Rien d'aussi terrible, ma chérie... C'est juste que Sabrina n'a apparemment pas résisté au plaisir d'accorder un entretien à la presse.

Sur l'écran, un reporter était en train de résumer brièvement les faits déjà relatés par la *Gazette des Stars*. Quelques secondes plus tard débuta un reportage consacré au mariage d'Ellen et de Harry.

— Oh, ciel! Ils ont tourné ça! s'écria la jeune femme scandalisée en se voyant soudain sur l'épaule de son mari.

Plus détendu, Harry se contenta de rire.

— Regarde comme tu es belle! Même transportée comme un sac de pommes de terre.

Puis l'image revint sur Mark, debout sur le stand, distribuant consciencieusement des bouquets publicitaires à la foule. Quant à Sabrina, éblouissante dans sa robe en lamé, elle expliquait le plus naturellement du monde aux journalistes que, dès le départ, il y avait eu un malentendu : en fait, Harry Masters avait juste voulu profiter de sa pendaison de crémaillère pour demander Ellen en mariage. La déclaration fut ponctuée d'un regard lumineux en direction de la caméra, destiné à briser le cœur d'un million d'hommes, au moins.

Non, jamais elle-même n'avait convoité Harry, reprit-elle en réponse à une question d'un journaliste. Eh oui, elle s'était bornée à jouer les bonnes fées en les présentant l'un à l'autre. Le malentendu avait commencé quand Harry s'était mis en tête de se cacher dans la camionnette d'Ellen pour déclarer sa flamme. Un journaliste malveillant ne pouvait qu'en conclure qu'il essayait d'échapper aux griffes de l'actrice...

Rassérénés de constater que les choses semblaient s'arranger, Ellen et Harry se détendirent un peu.

Le reportage se termina par un plan large sur le Salon du mariage, où l'on voyait l'actrice jeter à la foule les bouquets de Félicité Plus.

— Tu as vu ça! Quelle pub pour ta boutique! se réjouit Harry en éteignant le poste de télévision.

— Sabrina a joué son rôle à merveille! acquiesça Ellen, les joues roses de bonheur. Et elle a l'air de nous avoir pardonné.

— Je survivrai difficilement à cet affront! s'esclaffa Harry.

— C'est qu'elle a jeté son dévolu sur Stuart. Encore un vieux croûton! Ça devient pathologique...

— Stu aussi se ridiculise à lui courir après... Et ça, ce n'est pas très bon pour le cabinet.

— Bah, nous verrons bien à notre retour...

Il la renversa sur le lit.

— Tu as raison. Puisque j'ai dans mes bras une femme aussi intelligente que jolie, et que j'ai retrouvé mon chapeau, que demander de plus?

— Elle est revenue! Regarde, maman! Ellen est de retour!

Mark sortit en trombe de la boutique au moment où Ellen y pénétrait, son sac à l'épaule, vêtue du jean blanc et du chemisier bleu roi que lui avait offerts Harry.

Riant aux éclats, Mark prit sa sœur dans ses bras pour la faire tournoyer.

— Tiens, la boutique est de nouveau ouverte? se réjouit la jeune femme quand il l'eut reposée à terre.

— Oh, depuis que Sabrina est passée à la télé, les affaires ont repris!

— Surtout parce que je suis venue vous aider! intervint Marge Carroll en émergeant de la réserve, vêtue d'un tablier rose. Comment as-tu osé te marier sans ta mère, ma fille?

— Désolée, maman, mais tout est la faute de Harry! C'est lui qui a organisé une cérémonie surprise... avec l'aide de Mark!

Le frère et la sœur échangèrent un clin d'œil.

— Oh, moi, je n'ai fait que lui retourner son chapeau ! se contenta de répondre l'intéressé en riant. Et donner un petit coup de pouce au destin...

— Que s'est-il réellement passé ? s'enquit Marge avec une pointe d'anxiété. C'est un vrai mariage ou une mise en scène destinée aux journalistes ?

Ellen rougit un peu avant de murmurer :

— Un vrai, maman...

De joie, Mark donna à sa sœur une bourrade amicale.

— Mais la lune de miel a été si courte ! objecta Marge d'un air ennuyé. Mariés le lundi, de retour le jeudi ?

— Nous n'avions pas le choix, maman. L'essentiel, c'est que je sois heureuse !

— Mais où est ton mari ?

— Il s'est rendu directement à son bureau. Nous avons du travail par-dessus la tête, lui et moi...

La jeune femme ramassa le sac qu'elle avait posé à ses pieds.

— Bon, je monte me changer...

— Je t'accompagne, proposa Marge, visiblement pas convaincue.

— Je suis sûre qu'on ne peut pas se passer de toi dans le salon, trancha Ellen avec un sourire malicieux.

Cet argument parut faire mouche.

— Eh bien, c'est vrai que les clientes me réclament à cor et à cri. En plus, on fait des promotions, en ce moment.

— Pas d'indiscrétions devant toutes ces pipelettes, hein !

— Oh, tu me connais...

— Oui ! Et c'est bien ce qui m'inquiète, justement.

Marge leva les yeux au ciel. Sa fille était vraiment impossible !

— Dis-moi au moins où tu vas t'installer... Chez lui ou chez toi ?

— Nous allons alterner selon les semaines, une ici, une chez lui.

— Si vous faites des enfants, ça ne sera pas très pratique...

— Nous avons le temps de voir venir, maman.

— On se voit ce soir, au fait ? Nous sommes jeudi, c'est notre soirée famille.

— Je suis mariée maintenant !

— Eh bien, je n'aurai qu'à mettre une assiette de plus ! Venez vers 8 heures.

— Nous verrons...

Du bout des doigts, Ellen lui envoya un baiser.

— Bon brushing, bonne lecture, et... bon vent !

Après avoir déposé Ellen devant Félicité Plus, Harry donna au chauffeur l'ordre de le conduire directement au cabinet Wainwright et, une fois sur place, se dirigea droit vers le bureau de Stuart, qu'il avait appelé une heure plus tôt de Santa Barbara pour l'avertir de son retour.

— Tiens... le fils prodige ! s'exclama le vieil homme avec un sourire qui témoignait de son plaisir réel à revoir Harry.

Ce dernier déposa ses bagages dans un coin et s'avança vers le bureau, un sourire d'espoir aux lèvres.

— Alors, je peux réintégrer mon poste ? Vous me faites de nouveau confiance ?

— Absolument, confirma Stuart en se calant dans son fauteuil. J'ai discuté avec Dean Powell ce matin. La performance de Sabrina à la télévision était superbe, à ce qu'il paraît... Bref, nous lui devons une fière chandelle.

De soulagement, Harry se laissa tomber dans le fauteuil réservé aux visiteurs. Un petit sourire malicieux éclairait son visage.

— Je suis sûr que vous lui revaudrez ça... d'une manière ou d'une autre !

Stuart comprit le sous-entendu.

— Des objections, peut-être ?

Harry fixa son mentor droit dans les yeux.

— Vous voulez mon opinion sincère ?

Une expression de vulnérabilité passa sur le visage du vieil homme.

— Oui, Harry. Je la veux vraiment.

— Je pense que Sabrina est trop jeune pour vous, Stuart, avoua doucement Harry.

— L'âge n'a aucune importance, protesta le P.-D.G., atteint.

160

— Si, l'âge a beaucoup d'importance. Et ce ne sont pas les charmantes quinquagénaires intelligentes et cultivées qui manquent dans votre agenda noir.

— Mais nous sommes si heureux ensemble, Sabrina et moi! s'entêta Stuart.

— Quel homme ne le serait pas? Elle est sublimement belle. Mais il ne faut pas s'arrêter aux apparences.

Comme Stuart, perdu dans ses pensées, ne répondait rien, Harry reprit.

— Bien sûr, c'est à vous de décider... N'est-ce pas vous qui m'avez appris qu'un homme d'affaires doit savoir se mettre en retrait pour évaluer une situation d'un œil objectif?

Stuart hocha lentement la tête.

— Je respecte ton point de vue, Harry... toi qui t'es marié pour sauver ta carrière, pour le cabinet Wainwright. Tu as largement prouvé que tu étais du sérail.

Un sourire apitoyé plissa les lèvres de Harry.

— Vous n'avez rien compris, Stuart... J'aime Ellen du fond du cœur, et je l'ai aimée au premier regard.

A sa grande surprise, Stuart parut presque rasséréné par cette pensée.

— C'est vrai? Alors pardonne-moi, et accepte mes meilleurs vœux de bonheur.

Il se leva et se pencha par-dessus son bureau pour serrer la main de Harry.

— Tu sais que je regrette souvent de ne pas m'être marié quand j'avais ton âge?

— Et moi qui vous considérais comme un indécrottable célibataire...

— Bah, on ne fait pas toujours ce qu'on veut, dans la vie.

— Y a-t-il eu une femme en particulier qui...?

— Oui... mais je ne veux pas en parler!

Avec un sourire triste, Stuart posa la main sur son agenda noir.

— Elle est toujours là-dedans même si l'encre s'est un peu délavée...

— Peut-être n'est-il pas trop tard?

— Oh si, pour moi, ça l'est...

Le vieil homme se leva pour mettre fin à l'entretien.

— ... mais je suis heureux que, toi, tu aies su saisir ta chance !

Ellen passa le reste de l'après-midi à répondre aux nombreux coups de fil de félicitations de ses clients et de ses amis. C'était miraculeux ! Son mariage avait arrangé ses affaires d'un coup de baguette magique.

Aussi fut-ce avec un moral au beau fixe qu'elle ferma la boutique, vers 6 heures et qu'elle décida d'appeler son mari au bureau.

— Comme c'est bon de t'entendre, ma chérie ! soupira-t-il en reconnaissant aussitôt sa voix.

— Et moi donc, mon amour...

Ils échangèrent quelques mots tendres, avant qu'Ellen ne reprenne :

— Maman espère que nous viendrons dîner ce soir. Qu'en dis-tu ? Elle n'habite qu'à deux pâtés de maisons de chez moi...

Harry hésita.

— Ça me ferait grand plaisir... mais je crains de devoir rentrer plus tard que prévu.

— Oh Houdini, se lamenta la jeune femme. Tu ne peux donc pas... t'escamoter grâce à un de ces tours de passe-passe dont tu as le secret ?

— Hélas non, car Stuart a vraiment besoin de moi. Mon absence aura au moins servi à lui montrer que je suis réellement indispensable !

— Bon, je respecte ton travail... D'ailleurs, j'en ai moi-même jusque par-dessus la tête ! A tout à l'heure !

Elle raccrocha et pivota sur elle-même pour se trouver face à face... avec Sabrina !

— Oh... tu m'as fait peur !

— Excuse-moi...

L'actrice sourit.

— ...mais je ne t'avais jamais entendue roucouler avec un type ! C'est tellement mignon !

Les deux femmes éclatèrent de rire.

— Ton interview était géniale! reprit Ellen quand elles furent calmées. Tu t'en es tirée comme un as!

— Merci! dit Sabrina la bouche à moitié pleine, car elle était en train de vider une boîte de chocolats qu'Ellen avait reçue en cadeau. Je crois avoir sauvé notre trio.

— Tu acceptes l'idée que je sois folle amoureuse de Harry, n'est-ce pas?

Sabrina acquiesça en riant.

— Pas étonnant! Moi aussi, il a su m'ensorceler...

— Pas intentionnellement, Sab. Harry n'est pas un manipulateur...

— Je sais... Il charme les femmes comme il respire!

— Mais il va changer! déclara Ellen avec détermination. Désormais, je suis la seule femme de sa vie! Plus d'agenda noir... il a promis de le réduire en cendres!

Un petit sourire aux lèvres, elle ingurgita à son tour une bouchée au chocolat.

— Au fait..., lança Sabrina d'un air détaché. Nous sommes jeudi, n'est-ce pas? Je peux t'accompagner pour dîner chez tes parents?

— Euh... bien sûr, dit Ellen, un peu surprise. J'allais justement partir! Allons-y...

Elle attrapa son sac, éteignit la lumière et afficha l'écriteau « fermé » sur la porte d'entrée.

— De toute façon, maman avait sans doute prévu une assiette pour...

— ... pour Harry qui ne viendra pas? paria l'actrice. Toujours obsédé par son travail, celui-là! J'espère que tu ne vas pas trop en pâtir!

— Et si on parlait de ta vie sentimentale à toi, pour une fois? l'interrompit Ellen. Tu n'as pas envie de rajeunir tes fiancés, Sabrina?

Surprise, Sabrina resta bouche bée, les bras ballants, tandis qu'Ellen la poussait sur le perron.

— Eh bien, c'est-à-dire que...

14.

Quand plus tard, ce soir-là, Harry regagna l'appartement d'Ellen, ce fut pour trouver la jeune femme en train de sommeiller dans un fauteuil du salon, un bloc-notes et un stylo sur les genoux.

Il déposa son manteau et sa mallette sur le canapé et s'approcha d'elle en essayant de ne pas la réveiller.

Mais elle ouvrit les yeux en le sentant jeter sur elle une couverture.

— Tu t'es endormie ? dit-il, amusé.

Elle le fixa, encore assoupie.

— Oui, je dessinais des robes de mariée...

— Mais tu n'en as plus besoin, maintenant !

Elle grogna en signe de protestation quand il la prit dans ses bras.

— Ne me jette surtout pas sur ton épaule ! Je n'ai aucune envie de jouer les sacs de pommes de terre...

— Oh, ne t'inquiète pas, je suis beaucoup trop fatigué pour ça ! On ne peut pas jouer les Tarzan tous les jours, hein ?

La serrant contre son torse, il enfouit son visage dans la masse soyeuse de ses cheveux.

— Tu rentres bien tard ! remarqua-t-elle en bâillant.

— Tu sais ce que c'est d'être débordé de travail...

— Oui, je sais...

Mais quand Harry l'eut déposée sur le lit, elle ne put s'empêcher de lancer :

164

— Ça fait des heures que Stuart a appelé Sab au téléphone. Nous en étions au dessert, chez mes parents.

— Oh, on voit que ce n'est pas lui qui était de corvée pour distraire un P.-D.G. japonais ! soupira Harry en commençant à se déshabiller.

— Où avez-vous fini la soirée ? lança Ellen d'un ton faussement innocent.

— Dans un cabaret... C'est ce que les Japonais préfèrent, ils n'ont pas ça chez eux.

— Tu veux parler du genre d'endroit où une femme seule n'est pas censée se rendre, c'est ça ?

— Sauf que, là, c'était le haut du panier : cinquante dollars le verre, et le double pour grignoter quoi que ce soit !

Ellen lâcha un petit rire.

— Et je parie que le Japonais s'est empiffré toute la soirée...

— Absolument ! Je suis resté à discuter avec des courtiers pendant que notre visiteur filait avec une entraîneuse dans un salon privé. Tu vois d'ici le tableau ? D'une banalité à pleurer.

— En tout cas, tu pues le tabac froid... comme si tu avais passé la soirée dans un bouge !

Cette fois, Harry sentit comme un reproche muet.

— Oh, je t'en prie ne va pas te faire des idées ! Tu sais bien que je ne suis pas ce genre d'hommes !

Haussant les épaules, il traversa la chambre et entra dans la salle de bains pour faire sa toilette.

Ellen fronça les sourcils quand il en ressortit quelques secondes plus tard, un tube de dentifrice à la main.

— Du gel mentholé ? Je déteste ce goût !

Elle remonta ses genoux sous son menton.

— Oh, Harry... Comme tu es susceptible, ce soir !

— Tu n'avais qu'à ne pas me faire une scène...

— Une scène ? Tu exagères, quand même ! J'ai le droit de te faire une remarque quand tu rentres à minuit passé !

La jeune femme étouffa un soupir.

— Tu trouveras une autre marque de dentifrice dans le tiroir de gauche de la commode.

— Merci beaucoup, grommela-t-il en disparaissant de nouveau.

Irrité, il contempla son reflet dans la glace tout en se brossant les dents à s'en faire saigner les gencives. Ellen aurait pu se montrer un peu plus compréhensive, tout de même! Ce n'était pas sa faute si certaines de ses journées de travail finissaient très tard dans la nuit...

Mais quelque part tout au fond de lui-même, il savait qu'un mariage réussi ne pouvait fonctionner qu'à force de petits compromis sur des points de détail... Il fallait savoir se montrer patient. D'autant que la pauvre avait dû passer sa première soirée de femme au foyer sans son mari!

Ce fut donc dans un état d'esprit plus conciliant qu'il se mit au lit. Mais, hélas, à en juger par la façon dont Ellen s'était recroquevillée à l'autre bout du matelas, c'était manifestement son tour d'être fâchée.

Il l'attira contre lui pour lui susurrer à l'oreille :

— Ecoute, je suis désolé pour ce soir...

Comme elle essayait de se libérer, il l'enlaça avec fermeté.

— Je comprends, nous sommes jeunes mariés, et tu voulais me présenter à ta famille... Ce dîner signifiait beaucoup pour toi!

— Même mamie s'était déplacée! lança Ellen d'un ton boudeur.

Harry sentit son cœur se serrer à l'idée qu'il avait également pu décevoir l'adorable vieille dame.

— Toute la famille Carroll doit me haïr! plaisanta-t-il pour essayer de détendre l'atmosphère.

Ellen pinça les lèvres.

— Oh, ne t'inquiète pas, l'idiote que je suis s'est bien sûr crue obligée de prendre ta défense! Sous le regard dubitatif de Sabrina, qui a eu un sourire entendu quand j'ai dit que tu passais la soirée avec un collègue de bureau...

— Elle était là?

— Oui! Nous sommes redevenues les meilleures amies du monde, à ce qu'il paraît!

— Elle a dû dire du mal de moi avec délectation...

Ellen hocha la tête.

— Quand bien même... Je ne suis tout de même pas si influençable!

— Elle me croit incapable d'être fidèle, c'est ça ?

— Elle me trouve surtout trop peu séduisante pour être capable de retenir un homme tel que toi...

— Quelle idiote ! Il faudrait songer à la marier pour de bon, ça la calmerait un peu ! Ah ! si seulement je l'avais envoyée habiter à San Francisco, au lieu de lui dégoter une villa à Malibu.

Soulagée malgré elle, Ellen se blottit dans les bras de son mari, et retint un petit frisson quand il commença à la déshabiller. Ils échangèrent un long baiser passionné, avant que Harry ne reprenne, en plongeant son regard dans le sien :

— Je n'aime que toi, Ellen. Tu es la femme la plus séduisante que j'ai jamais rencontrée...

La jeune femme rougit sous le coup de l'émotion.

— ... et je voudrais éviter la mauvaise influence de Sabrina sur notre couple. Avoue-le, tu ne te serais pas fait de mauvais sang si elle ne t'avait pas rendue un peu soupçonneuse.

— C'est vrai, admit Ellen avec un soupir.

Lui caressant la joue, Harry ajouta :

— Pour éviter ce genre de mésaventure, nous devons apprendre à tout partager... et à nous faire mutuellement confiance.

— Tu as raison, mon chéri. A l'avenir, j'essaierai d'être plus raisonnable.

— C'est tout ce que je te demande... ou presque ! ajouta-t-il en lui faisant sentir sans équivoque la force de son désir.

Quand Harry se réveilla le lendemain matin, le lit était vide. Comme des odeurs alléchantes venaient de la cuisine, il se dépêcha de faire sa toilette, pressé de rejoindre sa femme pour le petit déjeuner.

Sa serviette de toilette autour de la taille, il se dirigea vers le salon pour récupérer les vêtements qu'il y avait laissés la veille... et étouffa un cri : dans le fauteuil à bascule était assise la grand-mère d'Ellen ! Interdit, il se figea sur le seuil.

— Bonjour, mon cher ! le salua la vieille dame par-dessus ses lunettes en continuant à coudre.

— Euh... bonjour, Lil, murmura-t-il un peu gêné, tout en se demandant où était Ellen.

— C'est votre femme que vous cherchez? reprit la vieille dame d'un ton enjoué. Elle ne doit pas être très loin.

— Je... Euh, oui... Désolé pour ma tenue...

— Il n'y a pas de quoi. Vous avez bien le droit de vous balader à moitié nu dans votre nouvelle maison, répliqua gentiment Lil en tirant l'aiguille. Vous vous levez toujours aussi tard?

— Oh non! se récria Harry avant de songer qu'il n'était jamais que 8 heures du matin. Mais mes horaires de travail sont très souples.

Remarquant soudain ce qu'elle était en train de coudre, il ajouta d'un ton alarmé:

— Vous n'avez pas à recoudre ma chemise, vous savez!

— Oh, mais ça ne m'ennuie pas du tout! Puisque je suis là, pourquoi ne pas occuper mes dix doigts, n'est-ce pas?

— Qu'est-ce qui vous amène de si bon matin, Lil?

— Elle est venue avec moi, fit la voix de Mark, dont la tignasse ébouriffée émergea soudain de la cuisine. Merci pour les gaufres, mamie! Elles sont délicieuses! Et les pommes de terre, croustillantes à souhait.

— Laisses-en pour Harry, dit la vieille dame en continuant à se balancer. Et vous, mon cher, allez donc enfiler un pantalon avant que Mark n'engloutisse tout!

— Euh... oui, j'y vais.

Quand Harry, tiré à quatre épingles, revint dans la cuisine, il y trouva Mark, debout, une tasse de café à la main, en pantalon de toile et T-shirt.

— Mais où est donc Ellen? s'enquit-il, un peu irrité par cette invasion familiale.

Mark fit la grimace par-dessus son bol.

— J'en sais rien, à vrai dire

— Mark, as-tu préparé le petit déjeuner de Harry, comme je te l'avais demandé? fit la voix de Lil depuis le salon.

— Oui, mamie.

— Avec du café et du jus d'orange?

— Oui, mamie.

168

Harry tira une chaise et s'assit à la table de bois. A sa grande déconvenue, Mark s'assit en face de lui au lieu de le laisser tranquille. Et s'il y avait une chose qu'il détestait, c'était bien de discuter au saut du lit !

— Beau boulot, dans le jardin de mamie ! commenta Mark, avec un grand sourire.

— Merci, répondit Harry, laconique.

— Remarque, d'habitude, c'est mon travail.

— Mais je n'essayais pas de te le piquer !

— Je pensais juste que maintenant je pouvais être direct avec toi, c'est notre façon d'être dans la famille, conclut-il simplement.

— Bien sûr. Ça me va.

— Mark, tu n'as pas besoin de baisser la voix ! cria Lil. Je t'entends parfaitement ! Et mon cœur est assez grand pour aimer deux petit-fils ! En plus, Harry pourra t'en apprendre, sur le jardinage.

— Oui, mamie, répondit Mark en haussant les épaules.

Sentant la mauvaise humeur le gagner, Harry se hâta d'achever son petit déjeuner, bien décidé à dire deux mots à Ellen quand il aurait mis la main sur elle.

Il la trouva à la boutique, où elle recevait une cliente. Les deux femmes étaient assises sur le sofa, en train de choisir des cartons d'invitation.

Apercevant son mari, Ellen se leva et se dirigea vers lui. Parvenue à sa hauteur elle lui déposa un baiser sur la joue.

— On dirait que tu as déjà une dure journée derrière toi ! remarqua-t-elle en riant devant sa mine ronchonne.

— Pas l'habitude d'autant d'activités le matin au saut du lit ! maugréa-t-il. D'habitude, je prends mon petit déjeuner calmement.

— Oui, l'atmosphère est toujours un peu survoltée, ici, le matin...

Harry la fixa d'un air incrédule.

— Ta grand-mère vient souvent ?

— Non, rassure-toi... Mais elle était si déçue de ne pas t'avoir vu hier soir !

— Oh, pour me voir, elle m'a vu ! En tenue d'Adam, quasiment !

— Comment ça ?

Quand Harry eut achevé de raconter à Ellen son apparition dans le salon, la jeune femme riait aux larmes.

— Moi, je ne trouve pas ça drôle, lâcha Harry d'un ton bougon. Mets-toi à ma place !

— Nous les Carroll, nous avons un sens de l'humour très développé ! Tu peux t'attendre à recevoir des serviettes de toilette format timbre-poste pour Noël... pendant quelques années au moins !

Comme Harry ne semblait décidément pas goûter la plaisanterie, Ellen redevint sérieuse.

— Tu es en colère, mon chéri ? Je suis vraiment désolée...

— Pour être tout à fait franc... Ce n'est pas ma façon préférée de commencer la journée !

— Je sais comment me faire pardonner, dit-elle sous le coup d'une soudaine inspiration. Ce soir, nous irons chez toi !

— Ça ne t'ennuie pas ?

— Bien sûr que non ! Comme ça, nous serons tranquilles ! Et nous aurons l'impression de vivre une deuxième lune de miel !

Comme il faisait la grimace, elle ajouta :

— Qu'y a-t-il, Harry ?

— C'est-à-dire que je risque de rentrer encore tard, ce soir.

— Oh non ! soupira Ellen en levant les yeux au ciel.

— Excuse-moi, ce n'est pas ma faute... Ecoute, si tu veux qu'on passe la nuit chacun chez soi pour ce soir, ça me va.

Comme elle pâlissait un peu, il s'empressa de la rassurer ;

— Ce n'est pas dirigé contre toi, tu le sais bien ! J'ai seulement besoin de dormir... dans mon lit.

— Et j'y serai avec toi, murmura-t-elle, essayant de faire contre mauvaise fortune bon cœur.

Il la serra tendrement contre lui.

— Comme je t'aime ! Mais il faut que je file au travail, maintenant.

Adressant de la tête un petit salut à la cliente qui les fixait, médusée, il sortit en trombe.

Une heure plus tard, Harry était au bureau quand retentit son téléphone, qu'il mit bien une minute à dénicher sous un amas de dossiers.

— Votre femme, annonça sa secrétaire d'un ton enjoué. Je sais que vous ne vouliez pas être dérangé, mais je me suis dit que pour elle, peut-être...

— ... Et vous avez eu raison !

Dix secondes plus tard, la voix délicieuse d'Ellen résonnait sur la ligne.

— Salut Houdini !

— Salut Félicité. Quoi de neuf ?

— J'ai une idée à te faire partager. Que dirais-tu d'organiser ton petit cocktail chez toi ?

— Non, ma chérie, je ne crois pas que ce soit une bonne idée.

— Pourquoi ?

— Eh bien... parce que je ne mélange jamais travail et vie privée.

— Et alors ? Il est encore temps de changer tes habitudes, non ? Combien serez-vous ?

— Une dizaine.

— Où comptais-tu les emmener ?

— Au Country Club.

— Alors, annule !

— Ellen, ma chérie, je...

— Il n'y a que des hommes ?

— Oui, comme d'habitude.

— Mais tu ne crois pas que certaines épouses seraient enchantées d'accompagner leur mari, pour une fois ?

— Je n'en sais rien, à vrai dire...

— Eh bien, consulte ton agenda bordeaux, bon sang !

Harry étouffa un soupir. Ellen repoussait chaque objection avec acharnement et sagacité. Il ne s'était pas attendu à une telle mainmise dans ses affaires. Mais il n'ignorait pas que son intervention partait d'une bonne intention.

— C'est pour rapprocher, reprit-elle d'un ton confiant. Et tu verras quel cocktail formidable je suis capable d'organiser.

— Ecoute...

— Je peux proposer un grand choix de boissons et de plats... Et les épouses ne resteront plus, délaissées, à la maison.

— D'accord, finit par capituler Harry. Mais tu crois que tu peux y arriver en si peu de temps ? Tu dois être débordée, toi aussi.

— Un coup de fil à Pauline, et le tour est joué !

— Et comment sais-tu qu'elle-même sera prête ?

— Parce que je t'appelle de chez elle, idiot !

— Et elle a pris l'écouteur ?

— Ne t'inquiète pas, je lui ai fait signer un contrat de confidentialité. Ciao, à ce soir.

Harry raccrocha avec l'étrange impression d'avoir été manœuvré...

Et le pire, c'est qu'il adorait ça !

15.

— Tiens, tiens ! Mais c'est le plus sexy des ex-célibataires !

— Bonjour, Sabrina...

Harry était l'image même du calme, lorsqu'il sourit à la superbe créature qui s'encadrait dans la porte monumentale.

— Qu'est-ce qui t'amène dans notre modeste cabinet d'investissements ? reprit-il avec un sourire narquois.

— On m'a dit que Stuart avait prévu une réunion ici.

— Effectivement. Mais ça s'est transformé en petite fête pour célébrer mon mariage...

Harry se remit à ranger les dossiers qu'il était en train de consulter quand Sabrina était entrée dans la pièce. L'air de rien, la jeune femme s'approcha de lui et prit les deux agendas posés à côté de son attaché-case, une drôle de lueur dans les yeux.

Que mijotait-elle ? s'interrogea Harry avec un soupçon d'inquiétude.

— Ellen était-elle invitée à cette petite fête ? reprit la star en balayant la pièce du regard, comme si elle s'attendait à trouver son amie cachée sous une chaise.

— Non, non, il n'y avait que l'équipe informatique... qui m'en a fait voir de toutes les couleurs !

— Bref, tu as enterré ta vie de garçon, si je comprends bien...

Un sourire moqueur aux lèvres, elle examina les « cadeaux » posés sur une petite table — des gadgets de plus ou moins mauvais goût : une bouteille de bain moussant en forme de pierre tombale portant l'inscription « Repose dans l'ennui éternel », une paire de menottes en plastique, un slip à motif de ceinture de chasteté...

— Vous devriez mettre la pierre tombale au-dessus de votre lit..., ne put-elle s'empêcher de lâcher avec une évidente intention moqueuse.

— Oh, je n'ai aucunement l'intention de rapporter toutes ces horreurs chez moi ! se récria Harry.

— Oui, Ellen pourrait mal le prendre.

— Exactement ! D'ailleurs, tu as intérêt à la boucler ! Je n'ai pas envie qu'elle entende parler de cette petite sauterie.

— Pourquoi irais-je semer la zizanie dans votre couple ? fit mine de s'étonner Sabrina.

— Tu crois que je ne suis pas au courant des petites manigances que tu mènes derrière mon dos ? lâcha Harry d'un ton glacial. Je sais que tu as cherché à bourrer le crâne d'Ellen en semant le doute dans son esprit à mon sujet.

Sabrina se drapa dans sa dignité.

— Que vas-tu chercher là ? Je ne souhaite que le bonheur d'Ellen ! Et j'en ai assez que tu la kidnappes à ton profit !

Harry fut sidéré.

— Qu'est-ce que tu me chantes là ?

— Oui, ça fait une semaine qu'elle vit chez toi ! Ses amis et sa famille la réclament à cor et à cri ! Tu n'as pas honte d'être aussi égoïste ? Non seulement elle travaille d'arrache-pied toute la journée, mais en plus il faut qu'elle organise des réceptions pour tes relations d'affaires !

— Mais c'est elle qui l'a proposé ! protesta Harry, médusé par cette sortie. D'ailleurs, elle s'en est tirée avec maestria.

L'expression de Sabrina se fit boudeuse.

— Mais j'ai besoin d'elle, moi ! Ellen est mon amie, elle est comme une sœur pour moi !

— Alors fiche-lui la paix ! s'emporta Harry. Contrairement à ce que tu dis, je ne l'ai pas « kidnappée ». Je suis juste fou amoureux d'elle !

Si le téléphone n'avait pas sonné à ce moment-là, Harry aurait volontiers brisé le flacon de bain moussant sur la tête de l'actrice, tant il était irrité par son intrusion.

Mais la voix de sa femme, à l'autre bout du film, le calma instantanément.

— Chérie ? Tu es à la réception... ? Comment ça, tu as rendez-vous ici avec Sabrina ?

Il fixa cette dernière en fronçant les sourcils.

— Ah bon... Alors viens me rejoindre dans la salle de réunion !

Harry raccrocha et dévisagea sa peste de visiteuse.

— Mais enfin que se passe-t-il ? grommela-t-il.

— Tu verras..., lâcha Sabrina avec un grand sourire. Oh, mais voilà Stuart...

Le vieil homme venait de se joindre à eux.

— ... J'allais justement parler de la réception que nous voulons donner en l'honneur des jeunes mariés ! expliqua-t-elle avec un grand sourire ravi.

— Bien..., l'approuva Stuart. Très bien !

— Hello Stuart ! fit soudain la voix d'Ellen. Vous venez ?

La jeune femme les attendait sur le seuil.

— Tu viens Sabrina ? siffla Harry, suspicieux, sans la quitter des yeux.

L'actrice arbora un sourire innocent.

— J'arrive !

Mais du coin de l'œil il la vit retirer l'agenda noir de l'attaché-case et le glisser dans son sac de cuir.

Son sang se figea dans ses veines. Qu'était-elle allée inventer ? L'espace d'un instant, il fut tenté de la confondre, avant de songer qu'il valait mieux éviter une scène devant Stuart et Ellen.

— Tu es bien silencieux ce soir, Harry, fit remarquer Ellen, comme ils faisaient un tour du pâté de maisons avant de rentrer chez elle.

Depuis peu, ils s'étaient installés dans l'appartement de la jeune femme, et celle-ci espérait bien convaincre son mari d'y rester définitivement.

— Tu es préoccupé, je le sens, insista-t-elle.

— Mais, non, je t'assure !

— C'est ce déjeuner avec Sabrina et Stuart qui t'a rendu chagrin... Je te comprends, remarque. Ces minauderies et ces cancans à n'en plus finir...

— Oui, j'aurais préféré déjeuner en tête à tête avec toi.

— Je suis désolée qu'ils nous aient accompagnés.

— Tu pouvais difficilement abandonner Sabrina alors que tu devais déjeuner avec elle ! Et quand Sabrina est là, Stuart n'est jamais bien loin.

— Et maintenant, il faudra subir cette réception mondaine à Beverly Hills chez Stuart. Une fois de plus, nous serons le point de mire !

— Oh, Stuart a toujours la folie des grandeurs ! Il fait même venir ma famille en avion !

— Ce sera un gage de réconciliation entre Stuart, Sabrina et nous, fit Ellen en lui serrant la main.

Harry fit la moue.

— Qu'est-ce qu'il y a ?

— J'hésitais à te le dire, mais la petite chipie m'a volé quelque chose, tout à l'heure, dans mon attaché-case... Et je crois savoir pourquoi. Bien sûr, elle dira sans doute que c'était dans ton intérêt.

Un peu déconcertée, Ellen fronça les sourcils.

— Hein ? Qu'est-ce que c'est que cette histoire ? Pourquoi ne pas l'en avoir empêchée ?

— Parce que, sans le savoir, elle va me rendre un fier service... Et je suis prêt à parier qu'elle n'oubliera pas cette leçon de si tôt...

— Mais...

D'un doigt, Harry la fit taire.

— Fais-moi confiance, ma chérie.

Ellen ne demandait pas mieux. Mais durant le déjeuner, elle avait vu l'agenda noir dans le sac de Sabrina... un agenda que Harry lui avait promis de détruire.

Ce qu'apparemment il n'avait pas fait...

— Mmm... peu de maris peuvent prétendre profiter deux fois de la robe de mariée de leur femme ! murmura Harry en relevant le voile d'Ellen pour lui chatouiller l'oreille.

Pour la réception donnée le jour même en leur honneur, la jeune femme avait accepté de revêtir sa robe une deuxième fois.

— Qu'est-ce que tu fais? dit-elle en gloussant nerveusement.

— Je goûte au fruit défendu...

— Comme si la moindre parcelle de mon corps t'était interdite!

— Dans cette tenue, c'est différent.

Entourant sa taille de ses bras, il l'attira contre lui, avant de lui chuchoter dans le creux de l'oreille.

— Sais-tu que je serai éternellement reconnaissant à Stuart et à Sabrina de m'offrir ce plaisir?

— Quoi? Tu oublies un peu vite le sale coup que t'a fait Sabrina!

Harry prit un air énigmatique.

— Je te demande juste de me faire confiance, ma chérie.

A cet instant, Mark fit irruption dans la boutique et lança à la cantonade en direction du premier étage :

— La limousine est arrivée! Dépêchez-vous...

Cinq minutes plus tard, ils s'engouffraient tous dans la voiture en compagnie de Lil, direction Beverly Hills.

La maison de Stuart Wainwright était une bâtisse de style colonial, à rotonde et colonnades blanches, située dans la partie la plus huppée du quartier.

A leur arrivée, il n'y avait encore que Sabrina et... la famille de Harry au grand complet, qui copina immédiatement avec le clan Carroll, au grand soulagement d'Ellen.

La jeune femme, à vrai dire, était préoccupée. Les questions se bousculaient dans sa tête, tandis qu'elle repensait à l'agenda noir... Elle faisait confiance à son mari, bien sûr, mais... pourquoi n'avait-il pas tenu parole?

Et Harry, pour sa part, était loin d'éprouver la confiance qu'il affichait. Car la réaction d'Ellen comme celle de Sabrina ne lui disaient rien qui vaille.

A cet instant, la star fit son entrée dans le salon monumental, très chic dans une robe rouge vif qui virevoltait autour de ses jambes fuselées.

Mais, bien décidée à en avoir le cœur net, Ellen la prit aussitôt par le bras pour l'entraîner vers les toilettes, sous le prétexte de se remaquiller.

— Mais enfin... que se passe-t-il ? s'enquit l'actrice d'un ton inquiet, tandis qu'Ellen la poussait dans un petit boudoir et refermait la porte derrière elles.

Relevant son voile, la jeune femme défia son amie du regard.

— Je veux des explications, Sabrina. Rapides et sincères, si possible...

— De quoi parles-tu ?

— Je sais que tu as volé l'agenda noir dans l'attaché-case de Harry.

Malgré ses talents d'actrice, Sabrina ne put masquer sa stupéfaction.

— Co... comment le sais-tu ? bredouilla-t-elle.

— Peu importe ! Je le sais, voilà tout... Ce que j'ignore, en revanche, c'est ce que tu comptes en faire !

Un peu pâle, la star étouffa un long soupir.

— Je... je voulais donner une petite leçon à Harry, mais je me demande si je ne suis pas allée trop loin. Je... je veux dire que je ne savais pas que sa famille serait invitée, par exemple...

Une ombre menaçante passa dans le regard d'Ellen.

— Explique-toi, s'il te plaît.

Sabrina tressaillit.

— J'ai, enfin, envoyé une invitation à chaque nom de l'agenda.

Ellen étouffa un cri.

— Oh, Sabrina ! Comment as-tu pu faire une chose pareille ?

— Ellen, je t'en prie, ne pleure pas !

Les yeux embués, la jeune femme accepta le mouchoir en papier que Sabrina lui tendait. Puis, théâtrale, elle ouvrit grand la porte.

— Sors d'ici.

— En te laissant toute seule, dans cet état ?

— Pour ce que ça me réussit, d'être avec toi ! railla Ellen d'un ton amer. Et n'oublie pas de prévenir Harry que je ne bougerai pas d'ici tant que tout le monde ne sera pas parti !

Il fallut à Harry toute la force de sa volonté pour ne pas étrangler Sabrina lorsqu'elle revint, porteuse du message de sa femme.

Toutefois, il n'ignorait pas qu'il était à demi fautif. N'aurait-il pas dû obéir à Ellen dès le départ ? se disait-il en se dirigeant vers le boudoir à grandes enjambées. En acceptant de jeter l'agenda ?

Il frappa deux coups légers.

— Ellen, c'est moi...

— Va-t'en.

— C'est hors de question. Et pas la peine de résister, j'enfoncerai cette porte s'il le faut.

La porte s'entrouvrit légèrement... et il profita de ce mince entrebâillement pour se faufiler dans la place.

Les yeux rouges, le nez gonflé, Ellen s'était laissée tomber sur un pouf.

Le cœur battant, il la fixa avec émotion.

— Reviens dans le salon, mon ange.

— Harry, tu avais promis de détruire cet agenda ! lança-t-elle d'un ton vindicatif. Je t'ai cru et je l'ai dit à Sabrina... qui l'a volé pour prouver qu'on ne pouvait pas te faire confiance ! Que tu étais et que tu resterais un don Juan !

— Ah... elle a donc invité tout le monde, c'est ça ?

Ellen le fixa avec ébahissement.

— C'est ce que tu avais prévu ?

— Eh oui !

— Mais tu l'as laissée faire ! Tu as gâché notre fête de mariage !

— Ce n'est pas ce que tu crois, ma chérie.

— Alors à quoi rime cette petite comédie ?

Il la fixa d'un air peiné.

— Tu ne crois pas que tu pourrais me faire confiance... pour une fois ?

Comme la jeune femme lui tendait d'un air de défi l'agenda noir qu'elle avait pris dans le sac de Sabrina, il refusa d'un mouvement de tête entendu puis lança :

— Pourquoi n'y jetterais-tu pas un coup d'œil ?

Et sur ces mots, il tourna les talons.

Restée seule, Ellen ouvrit lentement la première page de l'agenda...

... cinq minutes plus tard, elle était de retour dans le grand salon.

Harry, qui l'attendait près de l'entrée, l'attrapa au vol.

— Alors ? Tu comprends mieux, maintenant ? murmura-t-il en effleurant sa joue veloutée.

Un petit sourire mi-contrit, mi-espiègle s'afficha sur les lèvres de la jeune femme.

— Oui... Je suis vraiment désolée, Harry ! Mais comment pouvais-je deviner qu'il s'agissait de l'agenda de Stuart ? Il a fallu que j'atteigne la lettre « F », comme Félicité, et que je découvre que je n'y figurais pas, pour le comprendre...

— Je rangeais la table de conférence, et j'ai mis les agendas de Stu dans mon attaché-case. Sabrina les a vus, en a conclu ce qui l'arrangeait et est passée à l'action.

Un peu penaude, la jeune femme baissa les yeux.

— Tu m'as demandé de te faire confiance et... je ne t'ai pas écouté. Me pardonneras-tu ?

Harry l'attira vers lui et la serra dans ses bras.

— C'est aussi ma faute, tu sais... J'ai eu tort de ne pas tout te dire dès le début. Tu vois, moi non plus je ne t'ai pas fait entièrement confiance.

Elle prit un air étonné.

— Comment ça ? Je ne te suis pas...

— A vrai dire, je me doutais depuis longtemps que Sabrina mijotait une grande confrontation avec mes anciennes maîtresses... et je me disais que cela lui ferait du bien de se faire prendre à son propre piège ! Si je ne t'ai rien raconté, c'est juste que je craignais que tu craques et que tu ne préviennes Sabrina. Or, cette réception est une chance unique pour Stuart de retrouver ses vieilles conquêtes ! Il semble qu'il aurait aimé se marier, mais que la vie en ait voulu autrement...

Ellen avait rosi de plaisir et de soulagement.

— Tu avais donc les meilleures intentions... et j'ai douté de toi! Pardon, mon amour!

— Moi aussi, j'ai douté, Ellen... Que cela nous serve de leçon à tous les deux!

— Oui, mon chéri.

Après avoir échangé le plus amoureux des baisers, le couple alla rejoindre les invités qui commençaient à arriver. A en juger par le nombre de femmes d'âge mûr, les anciennes maîtresses de Stuart avaient répondu avec enthousiasme à l'invitation, ne put s'empêcher de songer Ellen avec malice en voyant Stuart foncer vers eux, l'air médusé.

— Mais... comment se fait-il que toutes ces femmes soient là? s'enquit-il avec stupéfaction.

— C'est Sabrina qui a eu l'idée de les inviter, répondit Harry avec un sourire en coin. En votre honneur, Stuart... Après avoir entendu parler de votre amour perdu!

Un sourire rêveur flotta sur les lèvres du P.-D.G.

— Comme c'est charmant à elle...

Soudain, il agrippa Harry par la manche.

— Mon Dieu! Mon Amélia chérie est venue! Toujours aussi belle... Excusez-moi, je vous prie!

Riant de bon cœur, Harry et Ellen enlacés regardèrent Stuart se précipiter vers une jolie brune entre deux âges vêtue d'une élégante robe de cocktail jaune pâle.

— Une seule aurait suffi! commenta Ellen avec un amusement attendri.

— Bah, c'est une occasion inespérée pour ta mère, non?

— Comment ça?

— Ça lui fait des dizaines de clientes potentielles pour son salon de coiffure!

Comme ils se souriaient par-dessus leurs coupes de champagne, Marge les rejoignit, radieuse dans une vaporeuse robe de tulle bleu.

— Mmm... Pensez à tous les brushings que je pourrais faire à ces femmes, soupira-t-elle en hochant la tête!

— C'est justement ce dont nous parlions! l'approuva Harry en souriant.

Il retira de sa poche une poignée de ses propres cartes de visite.

— Marge, je suggère que vous vous présentiez comme une coiffeuse à domicile, ce qui évitera aux clientes de se déplacer dans votre quartier... Prenez ces cartes, notez votre numéro de téléphone et distribuez-les comme bon vous semblera.

Marge rayonna.

— Excellente idée! Mais j'attendrais qu'on en soit au gâteau, quand tout le monde aura un petit coup dans le nez.

Quand Marge eut pris congé, Harry se tourna vers sa femme.

— J'ai encore quelque chose à dire à un membre de ta famille...

Son regard avait déjà détecté Mark près du bar, non loin d'eux. Quant à Sabrina, elle papotait dans un coin avec Stuart et son amie.

Le cœur battant, Harry prit sa femme par la main.

— Suis-moi, Félicité.

La jeune femme étouffa un cri quand elle comprit qu'ils fonçaient sur Mark.

— Que fais-tu? s'enquit-elle.

— Quelque chose que tu aurais dû faire il y a des années déjà. Fais-moi confiance.

Mark protesta avec véhémence quand Harry le prit par le bras pour le traîner gentiment mais fermement à l'autre bout de la pièce. Un sourire médusé aux lèvres, Ellen les suivit à distance.

En les voyant arriver, Sabrina pâlit un peu et essaya de se cacher derrière un palmier en pot mais la voix ferme de Harry l'arrêta net.

— Sors d'ici, Sabrina.

L'actrice se retourna lentement, sa robe de soie moulant son corps frêle.

— Je... Merci d'avoir tout expliqué à Stuart, murmura-t-elle en fixant la pointe de ses chaussures. Je crois que, cette fois, j'ai fait une grosse bêtise... Vous ne m'en voulez pas trop, hein?

— T'en vouloir?

Harry poussa Mark en avant.

— Bien au contraire! Ellen et moi voulons profiter de l'occasion pour t'accueillir dans la famille!

Mark lâcha une exclamation.

— Harry! Un peu de doigté, je t'en prie... C'est une histoire compliquée qui...

— Tu veux dire que c'est une vieille histoire qui n'a que trop duré, le coupa Ellen avec un petit sourire en coin.

Sabrina les fixait tour à tour, l'air parfaitement désorienté.

Le regard brillant, Ellen fixa son frère.

— Parle-lui de tes sentiments, Mark. Dis-lui ce que tu éprouves...

Mark hocha la tête d'un air morne.

— Mes sentiments? Elle les connaît par cœur, Ellen... Ce n'est tout de même pas ma faute si je ne suis ni assez vieux ni assez riche pour elle...

Sabrina le regardait avec stupéfaction.

— Tu... tu veux dire que tu pensais vraiment toutes les choses gentilles que tu m'as dites? balbutia-t-elle. Ce... ce n'était pas pour te moquer de moi?

Ce fut au tour de Mark de prendre un air stupéfait.

— Bien sûr que non! Je t'ai toujours aimé, Sab.

— Oh, Mark...

Ils échangèrent un long regard langoureux, avant de se jeter au cou l'un de l'autre pour échanger un long et voluptueux baiser.

Comme par un fait exprès, l'orchestre entama une valse au même instant et Ellen, désireuse d'avoir Harry tout à elle, le tira discrètement par la manche.

— Dansons, lui chuchota-t-elle à l'oreille. La tradition veut que ce soit les jeunes mariés qui ouvrent le bal... Et c'est notre première valse...

Harry éclata de rire.

— Depuis quand sommes-nous traditionnels?

Il ne l'en enlaça pas moins pour l'entraîner dans la salle de bal.

— De plus, tu sais très bien que nous avons déjà dansé chez Woody. C'était notre première danse, celle qui m'a rendu... amoureux!

— Oui, Woody, notre endroit à nous, murmura Ellen tandis qu'ils tournoyaient.

— Alors il faudra y retourner... Et y fêter toutes les grandes occasions.

— Toutes ?

— Evidemment, Félicité ! répliqua-t-il en souriant. C'est la tradition ! Sans compter que ça me fera faire des économies ! Plus de Country Club, plus de repas sur le pouce dans les bars branchés d'Hollywood. Fini, tout ça !

— Tu me feras découvrir de nouveaux endroits. Nous pourrons faire des expériences, explorer tous les lieux qui nous font envie...

Harry la souleva délicatement et l'embrassa fougueusement.

— On fera le tour du monde, chérie. Autant de fois que tu le voudras ! Mais l'étape de ce soir, la plus excitante des aventures, ne nous coûtera pas un centime.

Ellen battit des cils, et baissa la voix, provocante.

— C'est justement ainsi, Houdini, que je conçois... la félicité !

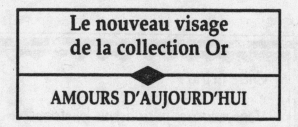

Afin de mieux exprimer sa modernité et de vous séduire encore davantage, votre collection Or a changé de couverture et de nom depuis le 1er mars 1995.

Rassurez-vous, les romans, eux, ne changent pas, et vous pourrez retrouver dans la collection **Amours d'Aujourd'hui** tous vos auteurs préférés.

Comme chaque mois, en effet, vous y attendent des héros d'aujourd'hui, aux prises avec des passions fortes et des situations difficiles...

Chère lectrice,

Vous nous êtes fidèle depuis longtemps?
Vous venez de faire notre connaissance?

C'est pour votre plaisir que nous avons
imaginé un rendez-vous chaque mois
avec vos auteurs préférés, vos
AUTEURS VEDETTE dans les
collections Azur et Horizon.

Les AUTEURS VEDETTE vous
donneront rendez-vous pour de
nouveaux livres vedette.

Pour les reconnaître, cherchez
l'étoile... Elle vous guidera!

Éditions Harlequin

HARLEQUIN

LE FORUM DES LECTRICES

CHÈRES LECTRICES,

VOUS NOUS ÊTES FIDÈLES DEPUIS LONGTEMPS ?

VOUS VENEZ DE FAIRE NOTRE CONNAISSANCE ?

SI VOUS AVEZ DES COMMENTAIRES, CRITIQUES À
FORMULER, DES SUGGESTIONS À OFFRIR, N'HÉSITEZ PAS...
ÉCRIVEZ-NOUS À :   LES ENTREPRISES HARLEQUIN LTÉE.
                    498 RUE ODILE
                    FABREVILLE, LAVAL, QUÉBEC.
                    H7R 5X1

C'EST AVEC VOS PRÉCIEUX COMMENTAIRES QUE NOUS ALLONS
POUVOIR MIEUX VOUS SERVIR.

MERCI, À L'AVANCE, DE VOTRE COOPÉRATION.

BONNE LECTURE.

HARLEQUIN.

VOTRE PASSEPORT POUR LE MONDE DE L'AMOUR.

COLLECTION
HORIZON

Des histoires d'amour romantiques qui
vous mènent au bout du monde!

Découvrez la passion et les vives
émotions qu'apportent à la Collection
Horizon des auteurs de renommée
internationale!

Captivantes, voire irrésistibles, ces
histoires d'amour vous iront
assurément droit au coeur.

Surveillez nos quatre nouveaux titres
chaque mois!

La COLLECTION AZUR

Offre une lecture rapide et

stimulante

poignante

exotique

contemporaine

romantique

passionnée

sensationnelle!

COLLECTION AZUR . . . des histoires
d'amour traditionnelles qui vous
mènent au bout du monde!
Six nouveaux titres chaque mois.

GEH-AZ

Composé sur le serveur d'EURONUMÉRIQUE, À MONTROUGE
PAR LES ÉDITIONS HARLEQUIN
Achevé d'imprimer en octobre 1998
sur les presses de l'Imprimerie Bussière
à Saint-Amand-Montrond (Cher)
Dépôt légal : novembre 1998
N° d'imprimeur : 2091 — N° d'éditeur : 7341

Imprimé en France

Composé par le bureau d'impression de A. Mondaine...
Société Nouvelle Firmin-Didot
... ...
à ... ...
... Saint-Amand, ... N° ...
Dépôt légal : novembre 19...
N° d'impression : ... — N° ... octobre 19...